# Enrique Agudo

# Las MIL CARAS DEL MIEDO

Redbook

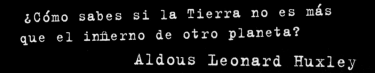

> ¿Cómo sabes si la Tierra no es más
> que el infierno de otro planeta?
>
> Aldous Leonard Huxley

**LAS MIL CARAS DEL MIEDO**

© 2022, Enrique Agudo Ramírez
© 2022, Redbook Ediciones

**Diseño de cubierta:** Daniel Domínguez / Regina Richling

**Diseño de interior:** David Saavedra

**Fotografías:** Wikimedia Commons / Archivo APG

**ISBN:** 978-84-18703-28-7
**Depósito Legal:** B-3.857-2022

Impreso por Sagrafic, Passatge Carsi 6, 08025 Barcelona

Impreso en España - *Printed in Spain*

Enrique Agudo

# Las MIL CARAS DEL MIEDO

LOOK

# ÍNDICE

# INTRODUCCIÓN

Cuando visitamos un sitio donde no hemos estado nunca hay excitación por descubrirlo, pero también subyace cierto temor a que nos decepcione y, en ocasiones, a que algo malo suceda y todo lo que parecían malas señales se conviertan en hechos. Es lo que tiene salir de tu hábitat natural.

Hace ya unos cuantos años fui con mi pareja y unos amigos a una casa rural a pasar un fin de semana. Aunque estaba en plena naturaleza, la casa adolecía de encanto y ni siquiera era lo suficientemente vieja para asustar; pero recuerdo que había un modesto saloncito con una pequeña mesa redonda cerca de una ventana. Nada más instalarnos quitamos el mantel de la mesa para limpiarlo y ¡sorpresa!: descubrimos que sobre la superficie de madera alguien había pintado los símbolos de un tablero «ouija» con un lápiz blanco. En cirílico.

Éramos un grupo de aficionados al terror, así que te puedes imaginar las bromas y risas nerviosas que siguieron —ya sabes, el humor espanta el miedo—. Es lógico pensar que esas grotescas palabras las escribieron un niño o niña moscovita copiando algo que habían visto en la tele o en una película, no obstante cabía otra opción: que fueran delicadamente trazadas por una persona cuyo propósito era contactar con espíritus u otras entidades de ultratumba. Habría sido divertido probar la «ouija» —a pesar del problema del idioma—, pero como conocedores del género estábamos al tanto de lo que podría llegar a ocurrir en una sesión espiritista nocturna, a la luz de una vela y sentados alrededor de aquella mesa. Me gusta pensar que algún espectro maligno se quedó con las ganas de «jugar» con una panda de frikis.

Ese día supimos distinguir las posibles señales de peligro y las evitamos, aunque a veces no podemos o queremos esquivar el riesgo. ¿Acaso rechazarías unas vacaciones pagadas en una lujosa mansión en plena campiña inglesa por un simple rumor sobre fantasmas? ¿Dejarías de ir los fines de semana al pueblo de tus parientes por ese chismorreo acerca de una familia muy rara que vive en una granja semiabandonada?

Como ocurre de forma habitual en la realidad, lo amenazante en la ficción no siempre es tan evidente, y para prevenir todo tipo de desagradables circunstancias, *Las mil caras del miedo* te invita a explorar el mundo con las gafas del terror puestas; con ellas te librarás de ser carne de cañón de los sitios comunes del miedo, pero no volverás a ver igual las alcantarillas de tu localidad, no acamparás con la misma alegría que antes, ni querrás asomarte a un pozo en tu vida.

Y no solo eso, además de mostrarte los rincones más peligrosos que existen en la tierra, este libro te ofrece la posibilidad de viajar más allá de los lugares que seas capaz de visitar pagando un billete o yendo en coche. Gracias a las películas, las series, los cómics, los libros y los videojuegos, entrarás en otras dimensiones, descubrirás futuros alternativos y podrás vivir en otras épocas.

¿Qué te pedimos a cambio? Nada, solo que disfrutes del trayecto.

Bueno, y si quieres firmar aquí debajo, la vieja bruja, el guardián de la cámara y el guardián de la cripta se lo agradecerán a tu alma… eternamente.

# LO QUE ACECHA EN EL CAMPO

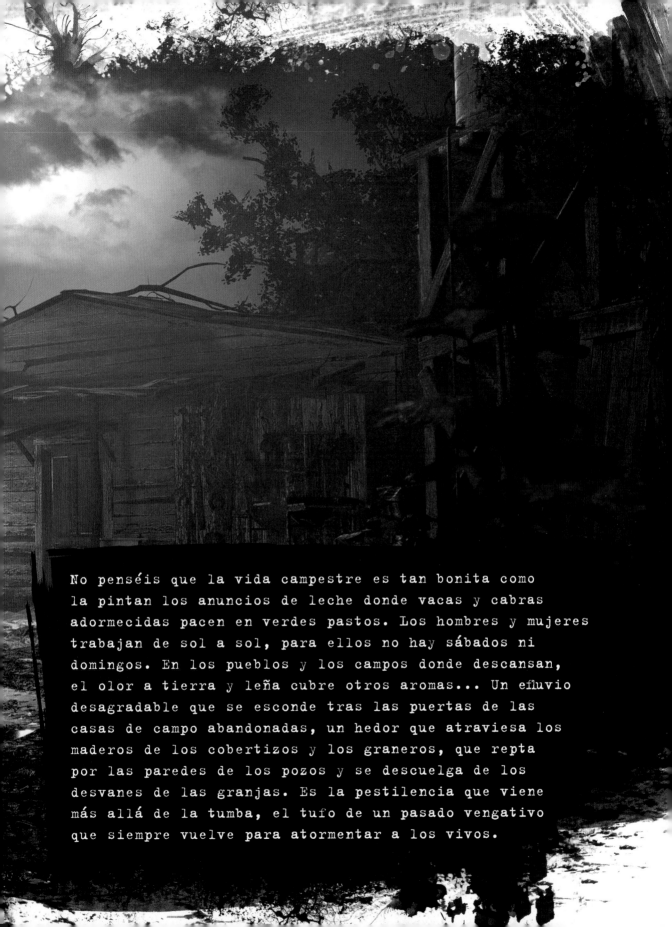

No penséis que la vida campestre es tan bonita como
la pintan los anuncios de leche donde vacas y cabras
adormecidas pacen en verdes pastos. Los hombres y mujeres
trabajan de sol a sol, para ellos no hay sábados ni
domingos. En los pueblos y los campos donde descansan,
el olor a tierra y leña cubre otros aromas... Un efluvio
desagradable que se esconde tras las puertas de las
casas de campo abandonadas, un hedor que atraviesa los
maderos de los cobertizos y los graneros, que repta
por las paredes de los pozos y se descuelga de los
desvanes de las granjas. Es la pestilencia que viene
más allá de la tumba, el tufo de un pasado vengativo
que siempre vuelve para atormentar a los vivos.

# EN LAS ALCANTARILLAS DE DERRY

## IT'

### LIBRO/PELÍCULAS

*It.* 2017-2019. EE. UU. **Dirección:** Andy Muschietti. **Reparto:** Bill Skarsgåd, Jaeden Martell, Jessica Chastain. **Género:** Terror. Sobrenatural. Payasos. 304 min.

### BIENVENIDOS A DERRY

A la muerte de un niño en el pueblo de Derry (Maine), un grupo de amigos de la infancia que se autodenominaban «los perdedores» se reúne de nuevo para luchar contra un ser maligno que llevaba años dormido. De niños, llamaron «Eso» a la entidad diabólica, pero también respondía al nombre de Pennywise. «Eso» podía adquirir cualquier aspecto, aunque casi siempre hacía acto de presencia con la apariencia de un payaso que se alimentaba del miedo de los niños justo antes de matarlos.

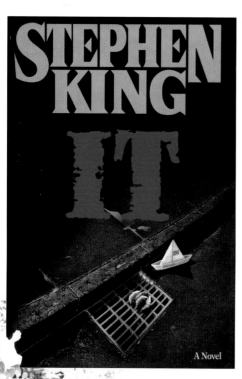

En su día, *It* (1986) fue considerada como «la gran novela americana»; y lo era no solo por su volumen —alrededor de 1.500 páginas— o su impresionante y aterradora originalidad, sino por la perfecta recreación del viaje de la infancia a la madurez de unos niños norteamericanos durante la segunda mitad del siglo veinte, tema que emparentaba a su autor, Stephen King, con la obra del inmortal Charles Dickens.

## TODOS LOS MONSTRUOS EN UNO

El argumento del libro no surgió de un día para otro. King estuvo dándole vueltas a la idea durante años. La inspiración principal le vino mientras caminaba por encima de un puente de madera. Pensó en un cuento titulado «Las tres cabras macho Gruff» —en el que había un troll que vivía debajo de un puente—, e imaginó que en ese momento un troll le preguntaba: «¿Quién está pasando sobre mi puente?». Un tiempo después recuperó la idea y decidió que el puente podía ser un símbolo, y que Bangor sería ese puente. Así, el «troll» viviría bajo la ciudad, ¿y qué mejor sitio para esconderse que las alcantarillas? Más adelante encontró otro «puente» simbólico en una biblioteca, donde la sección de niños y adultos estaba separada por un pasillo. De ahí surgió la idea de entretejer la historia de «los perdedores» desde el punto de vista del pasado y del presente, de niños y adultos. Faltaba la última pieza, convertir el troll en un monstruo temible: «Pensé que, si la gente creía que era un escritor de terror, algo que nunca me he considerado yo mismo, iba a conseguir a todos los monstruos juntos como fuera posible —asegura King—. En ese momento pensé que debía de ser una cosa que aglutinara todo, algo horrible, desagradable, grosero, una criatura que no quieres ver y que te hace gritar sólo de verla. Entonces me pregunté: "¿Qué asusta a los niños más que nada en el mundo?". Y la respuesta fue: "los payasos". Así creé al payaso Pennywise».

Si eres fan de *Stranger Things* y quieres saber de dónde sale el espíritu de la serie, aquí tienes la respuesta.

## DEL LIBRO A LA TELEVISIÓN

Si no has leído el libro, que no te eche atrás su grosor. No es una novela que se lea, se bebe. Es tan adictiva que pasa volando, y su ágil narración te mete tanto en la historia que en la vida real no puedes evitar pensar en Pennywise y en esa pandilla de la que te gustaría formar parte. *It* tiene todo lo que puede pedir un aficionado o aficionada al terror, ¡desde momias a hombres lobo!, y además es imposible no coger cariño a los personajes que pueblan la novela. Si eres fan de *Stranger Things* y quieres saber de dónde sale el espíritu de la serie, aquí está la respuesta.

El libro fue aclamado como la mejor obra de King, por lo que el ineludible siguiente paso fue adaptarlo al cine, pero había un problema: ¿Cómo llevar a la gran pantalla una novela con tantas páginas? La respuesta resultó muy sencilla para Warner Bros, que unos años antes había adaptado *El misterio de Salem´s Lot* en formato de miniserie para televisión. *It* (1990) fue dirigida por Tommy Lee Wallace (*Noche de miedo II*), y se dividió en dos partes con una duración total de 300 minutos, aunque se recortó a 190 aproximadamente. El primer capítulo se centró en la infancia de los personajes y el segundo en la parte de los mayores, aunque ambas historias se van alternando a lo largo de la miniserie.

## PON UN PAYASO EN TU VIDA

Tim Curry fue el actor designado para el papel de Pennywise, y no lo pudo hacer mejor. Curry juega con el miedo ancestral a los *clowns* y se comporta como un payaso cualquiera: infla globos, toca la matraca, y ríe, pero lo hace siempre con una intención perversa, como queda claro en la inolvidable secuencia inicial de la miniserie, cuando

STEPHEN KING'S IT STARRING HARRY ANDERSON DENNIS CHRISTOPHER RICHARD MASUR ANNETTE O'TOOLE TIM REID JOHN RITTER RICHARD THOMAS SPECIAL APPEARANCE BY TIM CURRY AS PENNYWISE SUPERVISING PRODUCER MATTHEW O'CONNOR PRODUCED BY JIM GREEN AND ALLEN EPSTEIN WRITTEN BY LAWRENCE D. COHEN PART 2 WRITTEN BY LAWRENCE D. COHEN AND TOMMY LEE WALLACE DIRECTED BY TOMMY LEE WALLACE KONIGSBERG / SANITSKY COMPANY AND GREEN / EPSTEIN PRODUCTIONS IN ASSOCIATION WITH LORIMAR TELEVISION

desde el interior de una alcantarilla le promete a un niño que le regalara un globo si lo acompaña a las cloacas.

*It* es una adaptación fiel a la novela, apasionante en la parte infantil, donde los pequeños actores (Emily Perkins, Jonathan Brandis…) hacen un trabajo memorable. En la parte adulta hay un buen reparto, pero sus historias carecen del dramatismo y la complicidad que se percibe en los *flashbacks* de los menores; los efectos especiales, en general, son eficaces, si bien Pennywise se encarga de dar miedo con su sola presencia, sin necesidad de grandes artificios —ni sangre—; y es que muchas generaciones siguen teniendo pánico a los payasos «gracias» a *It*.

Algo que no convenció a casi nadie fue el final de la miniserie. A King le disgustó porque no hacía honor al libro, y el director lo achacó a la falta de presupuesto. Para no revelar nada importante, se puede decir que sí, que el desenlace desluce un poco el resultado del conjunto.

De todas formas, la miniserie merece la pena solo por ver a Curry.

## LA NOCHE QUE PENNYWISE REGRESÓ A CASA

Durante años hubo rumores sobre una nueva adaptación para la gran pantalla, y en 2015 se empezó a consolidar el proyecto de Andrés Muschietti, un director argentino cuya primera película, *Mamá* (2013), había sido apadrinada por Guillermo del Toro. Muschietti propuso a la Warner Bros ahondar en lo emotivo de las historias de los niños, e hizo hincapié en la naturaleza del monstruo: «Es un ser que cambia de forma y se transforma en tu peor miedo —explica Muschietti—, para mí era un campo excitante y quería traer cosas nuevas […] En el libro están todos los monstruos de la Universal: el hombre lobo, Frankenstein, Drácula, la momia, y yo quería explorar miedos un poco más sorpresivos y más profundos; traumas infantiles y esas cosas». Esta vez Warner dio vía libre para rodar dos películas sobre el libro: la primera se estrenó en 2017 y la segunda en 2019, y la duración total supera los 300 minutos.

El filme funciona en todos sus apartados. Poderosa visualmente, mantiene la esencia de la novela haciendo algunos cambios, especialmente los que el director comenta sobre los monstruos y algunas escenas nuevas que, por falta de metraje, no aparecían en la versión de los noventa. Como sucedía en aquella, las secuencias infantiles resultan más atractivas, los pequeños actores lo bordan y consiguen conmovernos en más de una secuencia. Probablemente esto se deba a que los problemas de los niños son más traumáticos; sirva como ejemplo el maltrato que sufre el personaje de Beverly Marsh a manos de su padre. Los personajes adultos también tienen su protagonismo, y se ven envueltos en alucinantes episodios cuando descubren que su pueblo natal está corrompido hasta la médula por «Eso».

## LA OTRA CARA DE «ESO»

Sin un gran Pennywise habría sido improbable que la película triunfara, y la elección de Bill Skarsgåd fue sobresaliente. El nuevo «Eso» tiene una cara aniñada, la frente ancha, los ojos separados y unos dientes deformes de conejo. Es el aspecto que podría tener un muñeco viviente escondido bajo capas de pintura. Además de un rostro peculiar, Skarsgåd posee una habilidad innata para gestualizar con su cara, y esa sonrisa aterradora —con el labio colgando—, o los movimientos de los ojos hacia los lados, no son efectos especiales, los hace él, y eso le da un plus muy inquietante. Para redondear su personalidad, el diseño del traje del payaso se inspiró en varios estilos de moda de hace siglos, como el renacentista, el isabelino o el victoriano; así, su atuendo incorpora detalles de las épocas en las que vivió Pennywise, ya que es una criatura muy antigua de la que no se conoce la edad exacta.

## LA MUERTE FAVORITA DEL GUARDIÁN DE LA CÁMARA

En *It: parte 2*, una niña es atraída por Pennywise durante el transcurso de un partido de rugby. Bajo las gradas del estadio, el payaso convence a la cría para que se acerque. Ella se aproxima y, de pronto, la boca de «Eso» se abre llena de dientes afilados y le devora la cabeza.

## TERROR FINAL

Si en la primera parte hay unas cuantos momentos geniales —como la escena del garaje o el gran final—, en la segunda el terror se multiplica por dos. Hay más muertes espeluznantes y criaturas de todo tipo; algunas de ellas parecen salidas de la mente de Guillermo del Toro, del estilo de *El laberinto del Fauno,* y otras recuerdan a los fantasmas de *Expediente Warren.* Los efectos de maquillaje son increíbles, y pese a que se abusa de los efectos de ordenador, estos son espectaculares, y la última hora de metraje es apoteósica, un auténtico festival de sustos, emoción y algún que otro homenaje (atentos al guiño a *La cosa*).

Y llega la gran pregunta: ¿el final es mejor que el de la versión de los noventa? En efecto, la resolución es más satisfactoria, aunque no se asemeja mucho a la del libro, y si se hubiera recortado unos minutos resultaría menos agotadora. También el epílogo es brillante y emotivo, cerrando este clásico moderno con una sensación de nostalgia y tristeza parecida a la que se tiene al finalizar la imborrable novela del genio de Maine.

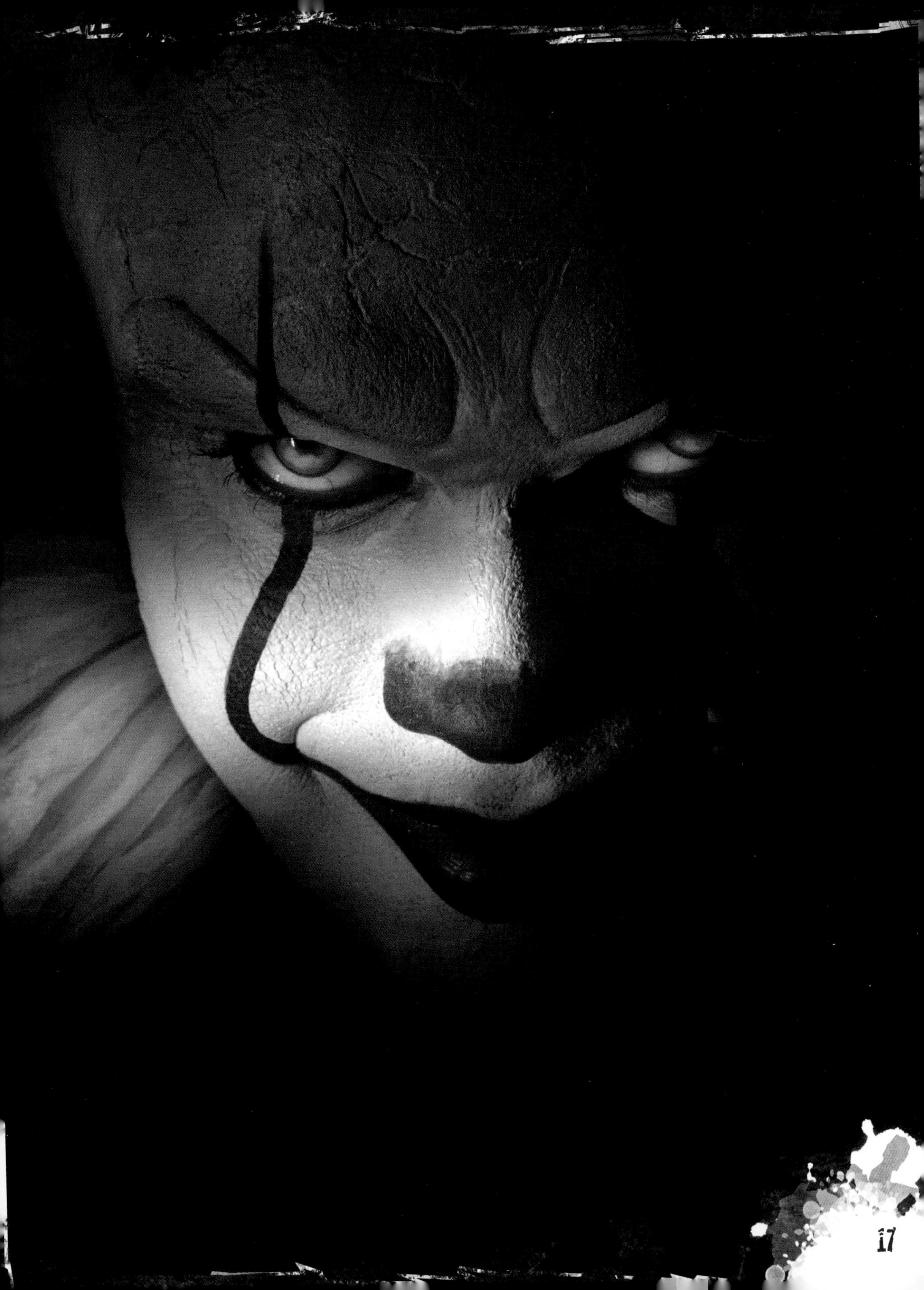

# Curiosidades:

- En el libro hay una escena de sexo en grupo entre todos los niños protagonistas. Teniendo en cuenta que entre los siete solo había una chica, el tema generó cierta polémica *a posteriori*. Ninguna de las dos adaptaciones recogió ese encuentro, al que el propio Stephen King restó importancia, ya que el libro fue escrito en una época menos sensible con estos temas.

- Para el aspecto de Pennywise, King tomó como modelo a John Wayne Gacy, un conocido asesino en serie que mató a 33 hombres jóvenes en los años setenta. Gacy iba a fiestas y celebraciones disfrazado de payaso bajo el nombre de *Pogo, el payaso*. En muchos de estos eventos captaba a sus futuras víctimas. Después de ser detenido recibió el apodo de *El payaso asesino*. Fue ejecutado en 1994.

- La miniserie de 1990 iba a ser dirigida por George A. Romero, pero precisamente ese año se hallaba trabajando como productor en el *remake* de su primera película: *La noche de los muertos vivientes*. Romero, que ya había adaptado a King en *Creepshow*, también sonó en su día para realizar otras obras de King, como *El misterio de Salem´s Lot* o *Cementerio de animales*.

- Antes de terminar el segundo capítulo de *It* (2019), el director Andy Muschietti soñaba con adaptar su libro favorito de King: *Cementerio de animales*. Llegó a mantener conversaciones con Paramount para hacerla suya, pero la productora no lo esperó y en 2019 se estrenó una correcta, pero inferior adaptación al *Cementerio viviente* de 1989.

- El actor Bill Hader no sabía que Bill Skarsgåd podía mover los ojos en direcciones opuestas. Hader le preguntó a Skarsgåd qué tipo de efecto especial habían usado para lograr esa impresión en la primera película. Skarsgåd, vestido con el disfraz y el maquillaje, respondió diciendo: «Oh, ¿Te refieres a esto?», y lo hizo, causando pavor al pobre Hader.

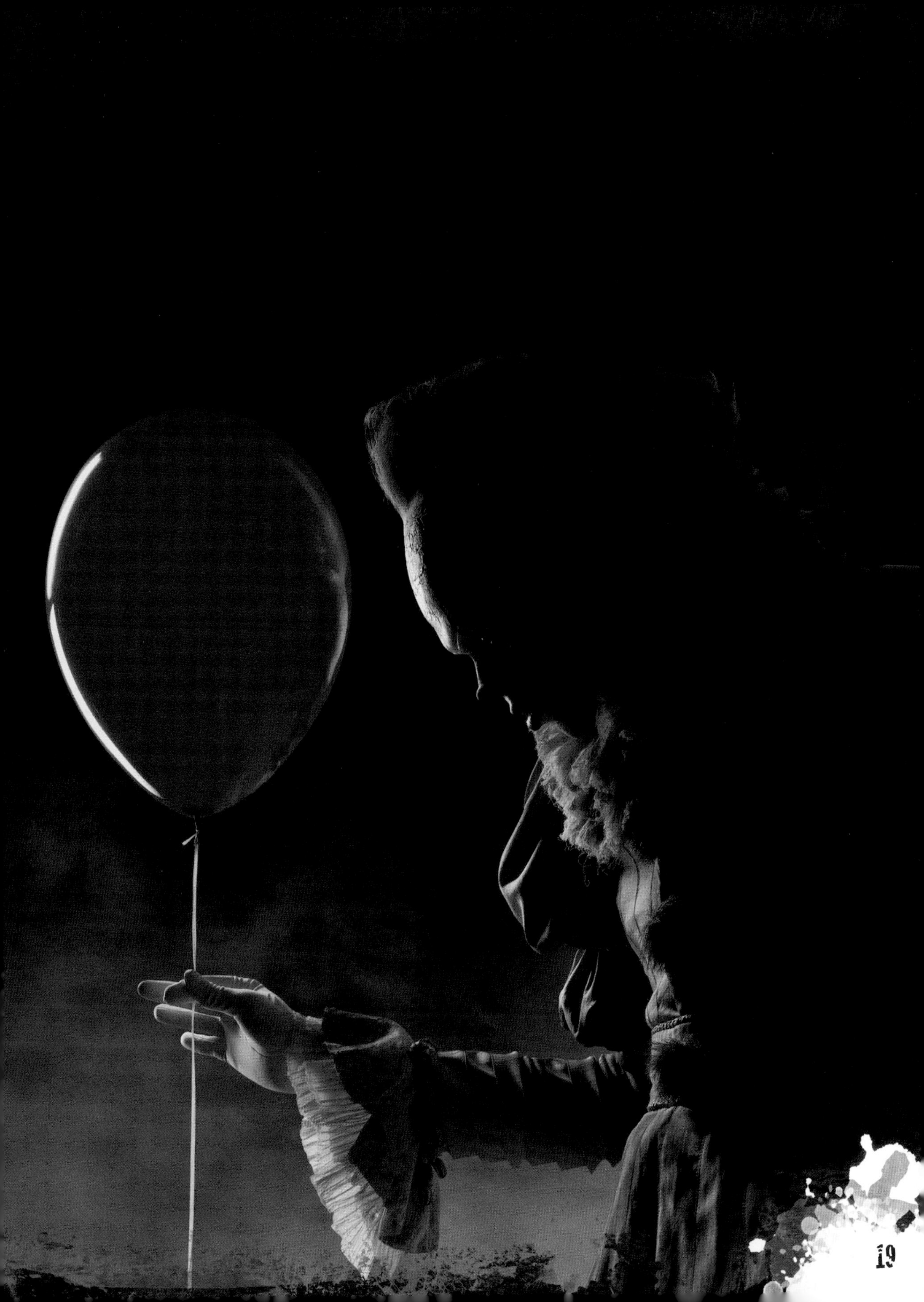

# UN PROGRAMA INFANTIL TERRORÍFICO

## CHANNEL ZERO: CANDLE COVE (1ª temporada)

### SERIE

*Channel Zero: Candle Cove.* 2016. EE. UU. **Creadores:** Nick Antosca. **Reparto:** Paul Schneider, Fiona Saw, Luisa d´Oliveira. **Género:** Terror. Sobrenatural. Serie de antología. **Plataforma:** SyFy.

## CANAL CERO

Mike es un reputado psicólogo infantil que regresa a su antiguo pueblo al enterarse de que un niño ha desaparecido sin dejar rastro. Este suceso trae

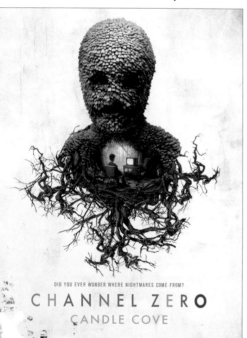

a la memoria de Mike la desaparición de su hermano pequeño y otros cuatro chicos cuando era niño, algo que siempre achacó a Candle Cove, un misterioso programa infantil de marionetas capaz de subyugar a cualquier menor que lo veía. Mike pronto descubrirá que Candle Cove ha vuelto para atormentarle.

*Channel Zero* nació como una modesta miniserie de antología para el canal SyFy, pero los buenos datos de audiencia de su primera temporada provocaron que la serie renovara durante tres años más. *Channel Zero* no es la típica serie de acción, sustos y efectos especiales. Los seis capítulos se cuecen a fuego lento, poseen un ritmo hipnótico y recompensan al espectador con unos cuantos escalofríos y una trama novedosa.

# CREEPYPASTAS

Los argumentos de cada temporada se basan en algunos «creepypastas» populares. ¿Y qué significa esta palabra? Los creepypastas son historias breves de terror
difundidas a través de las redes sociales, blogs, Youtube… se crean para inquietar al receptor y dejan en el
aire si son narraciones reales, inventadas o una mezcla
de ambas (como una leyenda urbana, vamos). Muchas
de ellas tienen que ver con imágenes, vídeos o videojuegos malditos, algo similar a lo que pasaba con la cinta de VHS de *The Ring*. En *Candle Cove*, el creepypasta
es el programa infantil del mismo nombre, que cuenta
las aventuras de unos piratas comandados por un siniestro jefe llamado «Mandíbulas»; durante la emisión,
este títere pirata hipnotiza a los niños obligándoles a
internarse en el bosque del pueblo con fatales consecuencias. Las imágenes de dicho programa resultan

muy perturbadoras, porque los títeres y la reiterativa musiquilla de fondo
nos retrotraen a programas de nuestra infancia como *Thunderbirds* (1965),
*Barrio Sésamo* (1969), o *La bola de cristal* (1984). «Mandíbulas» y sus amigos
transmiten una sensación de desasosiego tremenda, y hay un instante de
inmersión total cuando el barco pirata se dirige a una terrorífica cueva y te
imaginas que los niños que ven el programa quedarán atrapados en su interior. Pero no solo lo que se percibe en la tele da miedo, pues en *Candle Cove*
los títeres no se conforman con permanecer dentro de la caja tonta.

## LA MUERTE FAVORITA DE LA VIEJA BRUJA

Una mujer
pide a otra una
bebida más fuerte
que un té; la anfitriona
se levanta, se sitúa detrás de
ella, saca una pequeña guadaña y le rebana el cuello.

## EL TERROR DE LO EXTRAÑO

Las armas con las que cuenta esta miniserie para estremecer son pocas, pero efectivas: *Candle Cove* prefiere sugerir a enseñar, y si muestra algo, lo hace de forma que parece un sueño. Un ejemplo de ello es cuando Mike es asediado por marionetas del tamaño de una persona que salen de la oscuridad o se presentan a plena luz del día. A los amantes del cine más veteranos esos momentos les recordará a *Twin Peaks*, la conocida serie de David Lynch.

Aunque en los últimos episodios se da una explicación —dentro de un ámbito sobrenatural— coherente con lo visto, *Candle Cove* posee elementos extraños que la hacen diferente y sugestiva. Y es que resulta difícil olvidar la aparición de una de las criaturas más singulares vistas en el terror de las últimas décadas: un niño con el cuerpo formado solo por dientes y que se alimenta de estos.

Si estás buscando un programa que se salga de los patrones establecidos, dale una oportunidad y sumérgete con Mike en esta redentora, pero traumática leyenda urbana de terror.

Candle Cove
posee elementos
extraños que la
hacen diferente
y sugestiva.

23

# Curiosidades:

- El creador de la serie, Nick Antosca, explica por qué es una serie diferente: «Lo que nosotros queríamos era contar historias de terror psicológico. Historias que fueran más allá de la superficie, que jugaran seriamente con tu cabeza. El terror de televisión no suele dar ningún miedo, en realidad».

- El artista web Kris Straub creó el creepypasta de *Candle Cove* en 2009, y en 2015 autopublicó una colección de cuentos titulada *Candle Cove y otras historias*.

- Otro creepypasta famoso es *Slender Man*, el «hombre delgado», del cual se pueden encontrar documentales falsos en Youtube (el más popular se titula *Beware the Slenderman,* 2016). El personaje tiene en su haber un videojuego y una película de 2018.

- Las siguientes temporadas de *Channel Zero* fueron: *La casa sin fin* (2017), *Butcher´s Block* (2018), y *The Dream Door* (2018). Las tres comparten un ambiente de pesadilla surrealista que las distinguen de otras series similares. El canal Syfy canceló la serie en 2019, y actualmente se puede ver en HBO.

- En el reparto hay algunas caras conocidas, como Fiona Saw (la tía Petunia de *Harry Potter*), o Luisa d´Oliveira (de la serie *Los 100*).

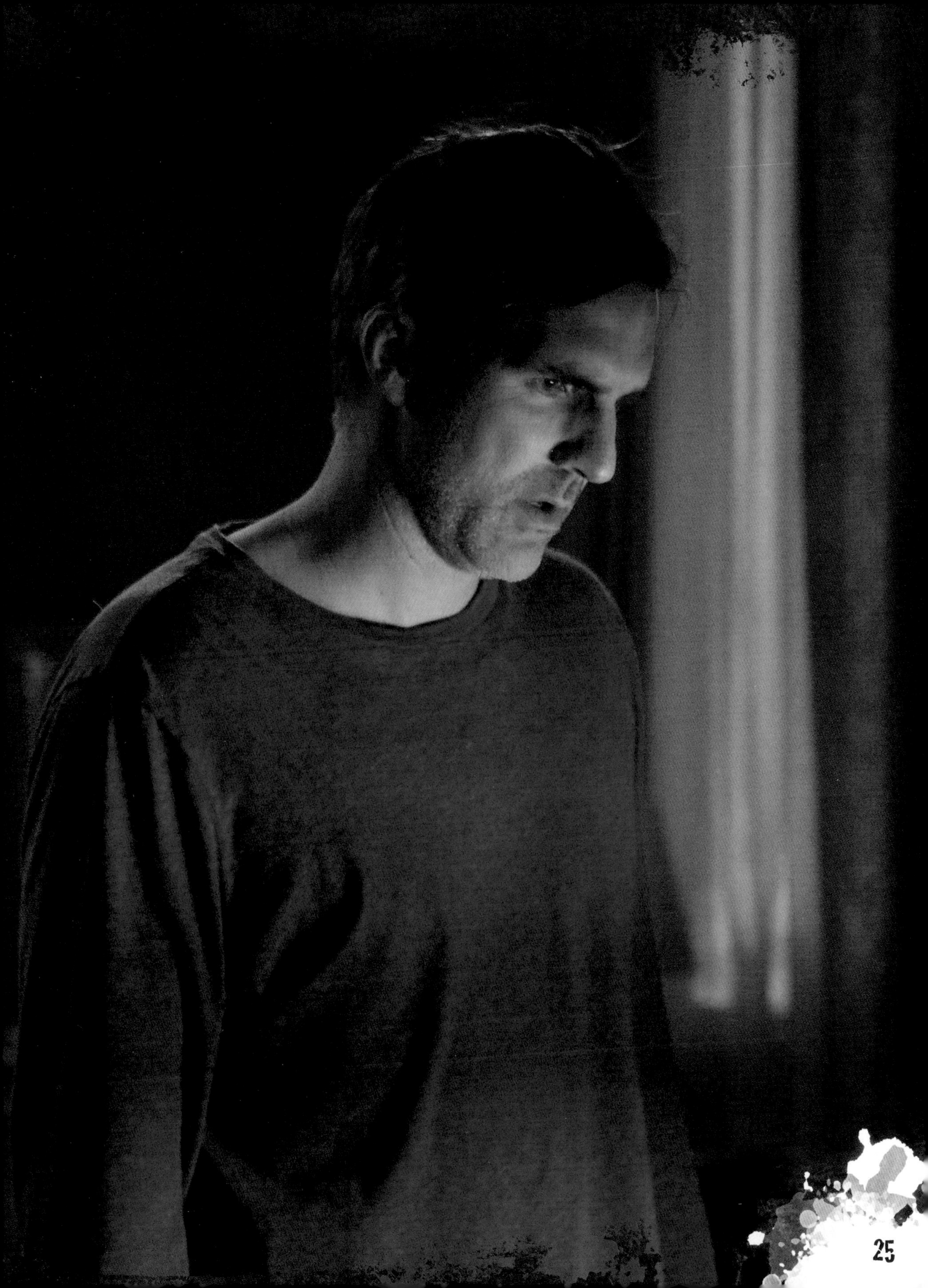

# HORROR EN UNA ALDEA JAPONESA

## UZUMAKI

**MANGA**

*Uzumaki.* 1998-1999. Japón. **Guion:** Junji Ito. **Dibujo:** Junji Ito. **Editorial:** Shogakukan. **Género:** Horror. Sobrenatural.

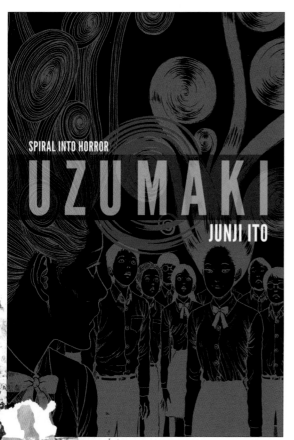

### LA MALDICIÓN DE LAS ESPIRALES

Dos jóvenes estudiantes de nombre Kirie y Suichi son testigos de cómo una extraña maldición empieza a influir en los habitantes de la apacible localidad de Kurouzu. Lo que en su origen parecía la obsesión de unos pocos lugareños con cualquier cosa que tuviese forma de espiral, se convierte en una pesadilla aterradora cuando personas y objetos se transforman en retorcidos seres malignos. Suichi está convencido de que el pueblo está bajo la influencia de algo llamado «la maldición de las espirales».

Con una historia fascinante y original, *Uzumaki* es un célebre manga editado hace más de veinte años (o más, dependiendo de cuándo leas este libro), que se mantiene fresco y actual como si se hubiera publicado hoy mismo. ¿Su secreto? La atemporal y universal descripción del «horror» de la que hace gala su autor, el maestro del terror Junji Ito.

# TERROR RETORCIDO

Al contrario de lo que se pudiera imaginar, la idea que inspiró al autor no tuvo que ver con las espirales: «En Japón hay unas viviendas llamadas *nagaya*, que consisten en hileras de casas donde viven varias personas repartidas. Como no son muy largas, con el tiempo se me ocurrió dibujar una muy grande y larga en uno de mis mangas. Al final, me salió una *nagaya* muy retorcida y la empecé a relacionar con las espirales, con lo cual se me ocurrió la idea de crear *Uzumaki*». Para confeccionar su particular sinfonía del horror, Ito evitó el folclore japonés tradicional —con sus fantasmas de pelos largos—, y extrajo el miedo de situaciones cotidianas (como un Stephen King a lo nipón), demostrando una creatividad sin límites a la hora de relacionar las espirales con

## LA MUERTE FAVORITA DEL GUARDIÁN DE LA CÁMARA

Tras las picaduras de varios mosquitos, un grupo de madres embarazadas caen bajo la maldición de las espirales y se convierten en seres sedientos de sangre que matan para alimentar con sangre a sus hijos no nacidos. Estas madres salen de noche armadas con berbiquíes (una herramienta para taladrar con la mano), con los que agujerean los cuellos de sus víctimas para después beber su sangre.

el terror; consigue que unos mosquitos, una mata de pelo, una cicatriz o un faro se conviertan en elementos sumamente intranquilizadores. Gracias a su dibujo —limpio y «realista»—, las imágenes grotescas y terribles que el autor plasma con aparente sencillez se nos quedan grabadas con aún más fuerza ¡Hay momentos que tienes que apartar la mirada de sus páginas!

## UN HALO INFERNAL

*Uzumaki* se lee muy rápido, está repleto de pasajes desagradables y estrambóticos que quitan las ganas de comer, y su clímax recuerda mucho a los relatos apocalípticos de H. P. Lovecraft y a imágenes de *La Divina Comedía* de Dante Alighieri. No hace falta ser habitual de los mangas para deleitarse con esta obra de culto y, por mucho que quieras, nunca volverás a ver un caracol de la misma forma.

Para confeccionar su particular sinfonía del horror, Ito evitó el folclore japonés tradicional —con sus fantasmas de pelos largos—, y extrajo el miedo de situaciones cotidianas.

La imparable popularidad de *Uzumaki* dio para una adaptación cinematográfica estrenada en el año 2000; si te gustó el manga, puedes probar dicha obra rodada con actores de carne y hueso, pero, cuidado, se trata de una película algo desfasada, con mucho de experimento visual y que acaba por desmarcarse en exceso de la historia de Ito.

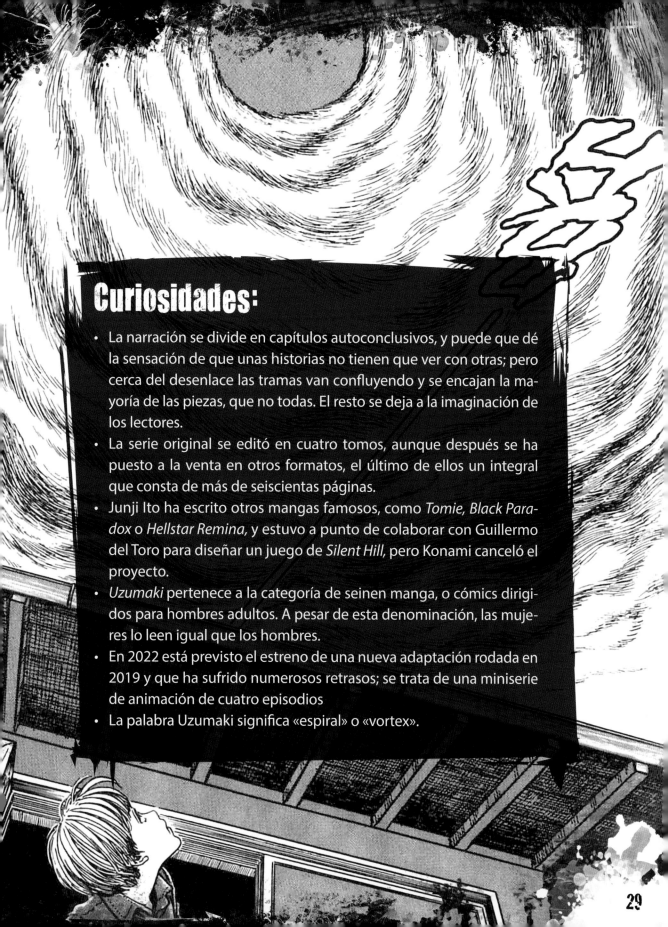

# Curiosidades:

- La narración se divide en capítulos autoconclusivos, y puede que dé la sensación de que unas historias no tienen que ver con otras; pero cerca del desenlace las tramas van confluyendo y se encajan la mayoría de las piezas, que no todas. El resto se deja a la imaginación de los lectores.
- La serie original se editó en cuatro tomos, aunque después se ha puesto a la venta en otros formatos, el último de ellos un integral que consta de más de seiscientas páginas.
- Junji Ito ha escrito otros mangas famosos, como *Tomie, Black Paradox* o *Hellstar Remina,* y estuvo a punto de colaborar con Guillermo del Toro para diseñar un juego de *Silent Hill,* pero Konami canceló el proyecto.
- *Uzumaki* pertenece a la categoría de seinen manga, o cómics dirigidos para hombres adultos. A pesar de esta denominación, las mujeres lo leen igual que los hombres.
- En 2022 está previsto el estreno de una nueva adaptación rodada en 2019 y que ha sufrido numerosos retrasos; se trata de una miniserie de animación de cuatro episodios
- La palabra Uzumaki significa «espiral» o «vortex».

# EL GRANERO NEGRO DE GIDEON FALLS

## GIDEON FALLS

`CÓMIC`

*Gideon Falls.* 2018-2020. EE. UU. **Guion:** Jeff Lemire. **Dibujo:** Andrea Sorrentino.
**Editorial:** Image Cómics. **Género:** Terror. Sobrenatural. Surrealismo.

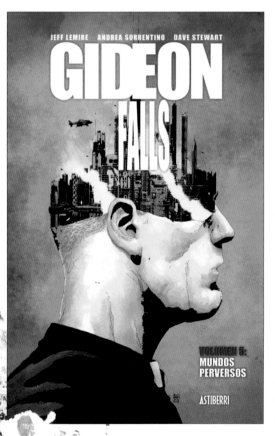

### EL GRANERO NEGRO

Aparentemente, Norton y Wilfred no tienen nada en común. Norton es un joven solitario con problemas psicológicos que vive en una gran ciudad, y Wilfred un veterano sacerdote enviado a la pequeña localidad de Gideon Falls para sustituir a un pastor fallecido. Sin saber el motivo, Norton vive obsesionado en construir una edificación a la que llama «el granero negro». Al poco de llegar al pueblo, Wilfred tiene una visión del mismo granero, justo antes de encontrar a un hombre asesinado. El chico y el cura están destinados a encontrarse para descubrir el terrible secreto que oculta Gideon Falls.

Ganadora del prestigioso premio Eisner 2019 a mejor serie nueva, *Gideon Falls* se ha situado entre los mejores cómics publicados en los últimos años. Su genial argumento y espectacular dibujo convierten esta inspiradísima obra de arte en un título fundamental del terror contemporáneo. No puede faltar en tu estantería.

## PESADILLA SURREALISTA

Los autores Jeff Lemire y Andrea Sorrentino huyen de los lugares manoseados por el género para fabricar su propia máquina de producir miedo. Por un lado, *Gideon Falls* es un cómic de terror psicológico, por otro, se sumerge en el horror cósmico, en la ciencia ficción y en el surrealismo. La mezcla funciona como un reloj suizo, no falta ni sobra nada. La historia del granero negro se va abriendo en forma de abanico, se hace más grande a medida que vamos conociendo nuevos personajes, y la trama va dando giros hasta alcanzar un impredecible tono épico. A la hora de redactar el guion, el escritor Jeff Lemire no esconde la influencia que tuvo la mítica serie *Twin Peaks*: «He estado obsesionado con *Twin Peaks* desde que era un niño –dice Lemire–. Simplemente me golpeó en algún lugar muy profundo, y ha sido parte de mi vida creativa desde entonces […] Quería hacer algo que fuera un misterio con un asesinato rural, y la mejor manera de rendir homenaje a algo es tomarlo e inspirarme». En *Gideon Falls* se respira esa atmósfera enrarecida, de locura, que había en la obra maestra de David Lynch.

Por un lado, Gideon Falls es un cómic de terror psicológico, por otro, se sumerge en el horror cósmico, en la ciencia ficción y en el surrealismo.

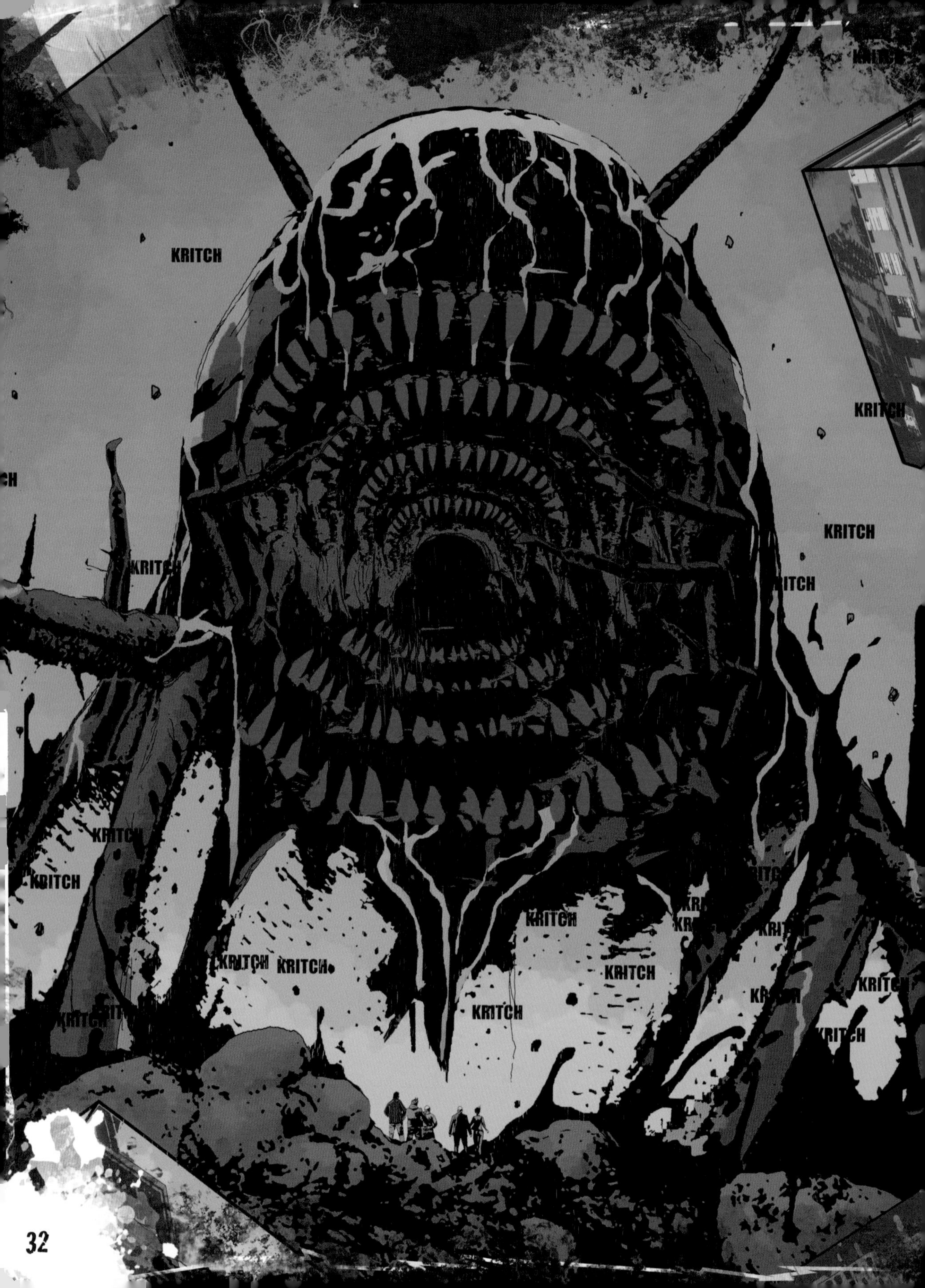
KRITCH
KRITCH
KRITCH
KRITCH
KRITCH
KRITCH
KRITCH
KRITCH KRITCH
KRITCH
KRITCH
KRITCH

## DIBUJOS DE OTRO MUNDO

En cuanto al apartado visual, el arte de Andrea Sorrentino solo se puede calificar de asombroso. Este dibujante italiano rompe con el sentido de lectura tradicional, componiendo páginas llenas de dinamismo en las que el lector es guiado por alucinantes viñetas: «Me atraen los artistas de cómics que pueden controlar el ojo de los lectores y dar al cómic un ritmo y una fluidez perfectos –afirma Sorrentino–. Creo que es algo que, como lectores, es difícil de conseguir. Pero cuando terminas de leer, por alguna razón lo disfrutaste. No fue agotador. Fue una lectura placentera».

Pocos dibujantes actuales pueden plasmar a la perfección el plano psicológico de un personaje, y a la vez estremecer con imágenes cautivadoras. También es de alabar el trabajo del colorista Dave Stewart, cuya labor enfatiza el trabajo de sus compañeros, sin olvidarnos de las portadas conceptuales de Sorrentino, una auténtica gozada para los sentidos.

## LA MUERTE FAVORITA DEL GUARDIÁN DE LA CRIPTA

Seis hombres cruzan las puertas del granero negro y sus cuerpos son inmediatamente despedazados por una fuerza maligna.

# Curiosidades:

- *Gideon falls* consta de 26 números y ha sido publicado en español en seis tomos editados por Astiberri.

- Dada la gran cantidad de detalles que hay en su argumento, es recomendable leer todos sus números lo más seguido posible, ya que es fácil perderse.

- El guionista Jeff Lemire concibió el guion partiendo de la unión de dos historias distintas que tenían como protagonistas a Norton y a Wilfred, y a las que llevaba tiempo dándole vueltas: «Una cosa que me encanta de esta historia es yuxtaponer cosas que son extremadamente opuestas —comenta Lemire—, Fred tiene 60 años, ha vivido una vida plena, pero tiene todos estos arrepentimientos, es un tipo endurecido [...] Norton, es muy joven y le tiene miedo al mundo que lo rodea. Uno está en este medio urbano mientras que el otro está en un bucólico entorno rural. Es divertido tomar un contraste como ese y crear una tensión interesante».

- El ilustrador Andrea Sorrentino explica cómo consiguió transmitir una sensación de horror y locura sin ser demasiado explícito: «Jugué mucho con los ángulos y los diseños. Para las escenas de Norton, usualmente optaba por tomas más cercanas, paneles más pequeños, para tratar de transmitir esa sensación de claustrofobia que tienes cuando tu mente solo puede enfocarse en tu obsesión, como si el panel en sí mismo estuviera limitando la visión de Norton del mundo que lo rodea. Además, a veces utilicé algunos diseños inusuales en momentos clave para intentar que los lectores entraran en la mente de Norton. La primera aparición de Norton, una viñeta al revés de él, es algo que quería usar para darles una idea clara a los lectores de que hay algo retorcido y loco en este tipo de la máscara».

- El entorno rural es algo habitual en los cómics de Lemire: *Essex County* (2011), *Sweet Tooth* (2013) o *Black Hammer* (2016), son algunas de sus obras más reconocidas y recomendadas.

- Si las películas donde se habla de dimensiones paralelas y saltos en el tiempo —véanse las obras de Christopher Nolan: *Origen* (2010), o *Tenet* (2020)—, son de tu gusto, es posible que *Gideon Falls* también te fascine.

# UNA CASA DE CAMPO EN ARMITAGE

## DÉJAME SALIR

**PELÍCULA.**

*Get Out.* 2017. EE. UU. **Dirección:** Jordan Peele. **Reparto:** Daniel Kaluuya, Allison Williams, Catherine Keener. **Género:** Terror. Intriga. Thriller psicológico. 103 min.

### ADIVINA QUIÉN VIENE ESTA NOCHE

Chris es un joven afroamericano al que los adinerados padres de su novia Rose invitan a pasar un fin de semana en la casa de campo familiar. El muchacho tiene algunas dudas, ya que su chica es blanca y los padres no parecen a favor de que su hija salga con un negro. Una vez en la casa, los padres le tratan de forma amable, pero Chris ve cosas extrañas a su alrededor, y presencia una serie de acontecimientos que pondrán su vida en peligro.

*Déjame salir* intriga y descoloca desde el minuto uno. No es casualidad que se alzase con el Oscar al mejor guion original en 2017, ya que su apasionante argumento —del que solo desvelamos una parte— te va llevando de sorpresa en sorpresa hasta el impactante descubrimiento final. No pienses que por ganar un premio de tal enjundia es una historia sesuda y profunda, al contrario, el humor negro y las excelentes interpretaciones de todo el reparto —mención especial para un soberbio Daniel Kaluuya— hacen que el filme se pase en un suspiro.

## UNA SÁTIRA SOCIAL

La película es una ácida sátira social que pone de manifiesto los problemas de racismo que arrastra Estados Unidos desde hace siglos, pero como toda buena historia, también aborda asuntos como la lucha de clases o el miedo a ser diferente. El director Jordan Peele comentó que su intención era rodar una alegoría sobre la esclavitud, pero en clave de metáfora y pasada por la batidora de *La dimensión desconocida*. Para el realizador afroamericano, el terror es el mejor vehículo para denunciar un problema sin entrar en posiciones radicales: «Gracias a las películas de género nos enfrentamos a nuestros miedos más profundos —señala Peele—, miedos que son los de toda nuestra sociedad. Por eso, mi película es más social que política».

Las historias de terror con personajes aparentemente encantadores siempre nos despiertan inquietud.

## LA MUERTE FAVORITA DEL GUARDIÁN DE LA CRIPTA

Un personaje es corneado en el cuello con una cabeza de ciervo disecado ¡Y sin anestesia!

## CONOCIDOS POCO CONOCIDOS

Las historias de terror con personajes aparentemente encantadores siempre nos despiertan inquietud. Tenemos miedo a que la gente que nos rodea, y en la que confiamos, nos esté mintiendo. *Déjame salir* continúa una larga tradición de películas llenas de hombres y mujeres más falsos que un billete de treinta euros; como Peele reconoce, sus principales influencias fueron las adaptaciones de dos libros del escritor Ira Levin: la genial *La semilla del diablo* (1968) y *Las esposas de Stepford* (1975), de la que se hizo un *remake* en 2004 titulado *Las mujeres perfectas*, con Nicole Kidman a la cabeza.

En este subgénero también hay otras obras a tener en cuenta, como *La centinela* (1977), *Arlington Road: Temerás a tu vecino* (1999), o la española *La comunidad* (2000), de Alex de la Iglesia.

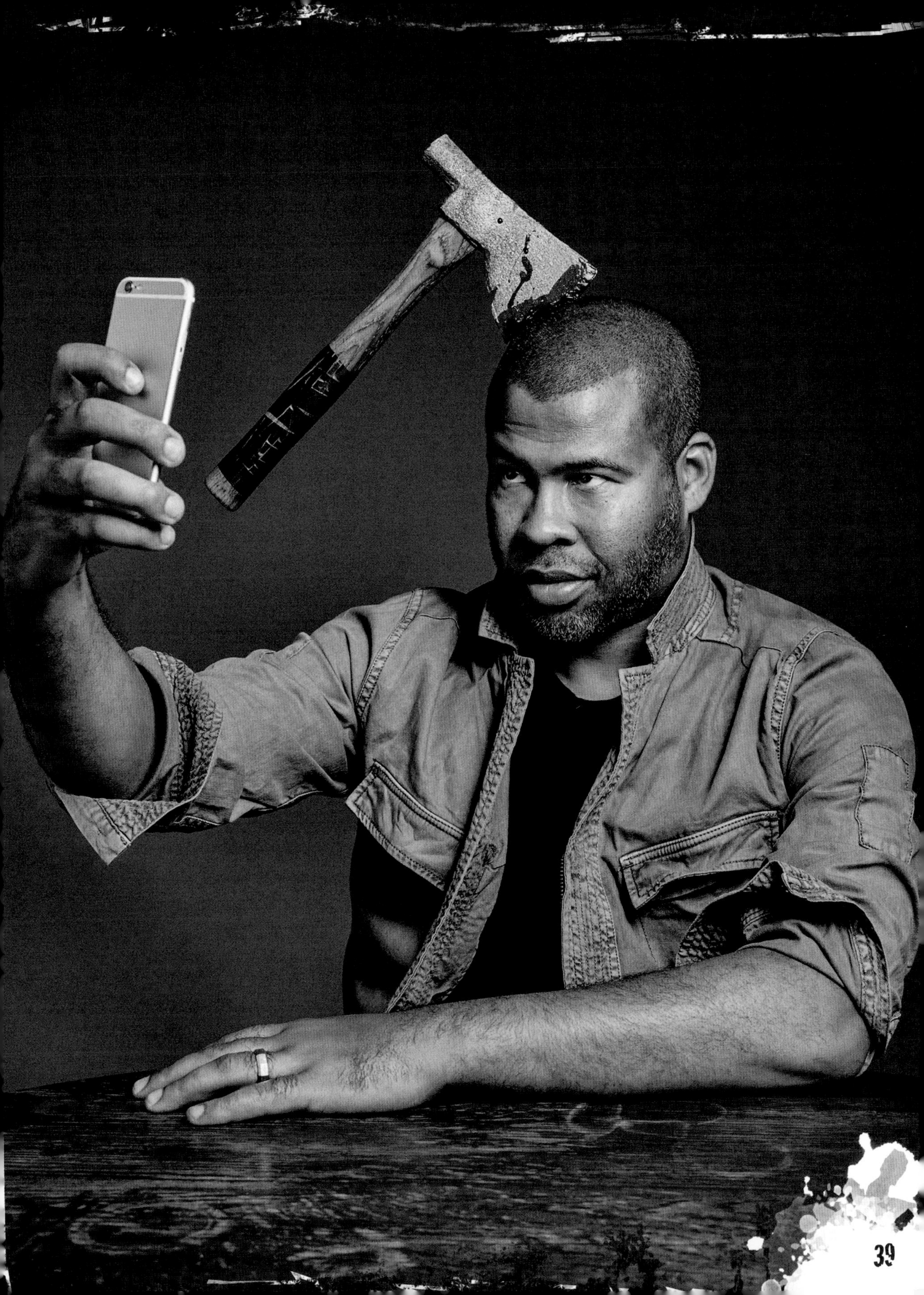

# Curiosidades:

- El director extrajo la idea del filme de un monólogo de Eddie Murphy en el que bromeaba sobre las películas de casas encantadas. Murphy se preguntaba por qué las familias blancas que sufrían fenómenos paranormales en *Amityville* o *Poltergeist* no abandonaban el lugar a las primeras de cambio. El actor aseguraba que si él y su mujer vivieran en una casa encantada y una voz fantasmal le susurrara «*Get out*» (o «fuera», que es el título original de *Déjame salir*), le habría dicho a su pareja: «Nena, creo que no podemos quedarnos aquí».
- Una parte de la crítica dijo que el film era una versión terrorífica de la comedia *Los padres de ella* (2004) y, curiosamente, Jordan Peele tuvo un pequeño papel como actor en la última película de la saga: *Ahora los padres son ellos* (2010).
- Obtuvo un total de cuatro nominaciones a los Oscar, incluida mejor película.
- El director tenía previsto un final pesimista, pero varios casos de tiroteos de policías contra negros le hicieron cambiar de idea, y rodó un desenlace más esperanzador.
- En 2019, Jordan Peele estrenó *Nosotros,* su segundo trabajo dentro del género, convirtiéndose en una nueva referencia dentro del cine de terror moderno. En 2022 repite con Kaluuya en la película titulada *Nope.*

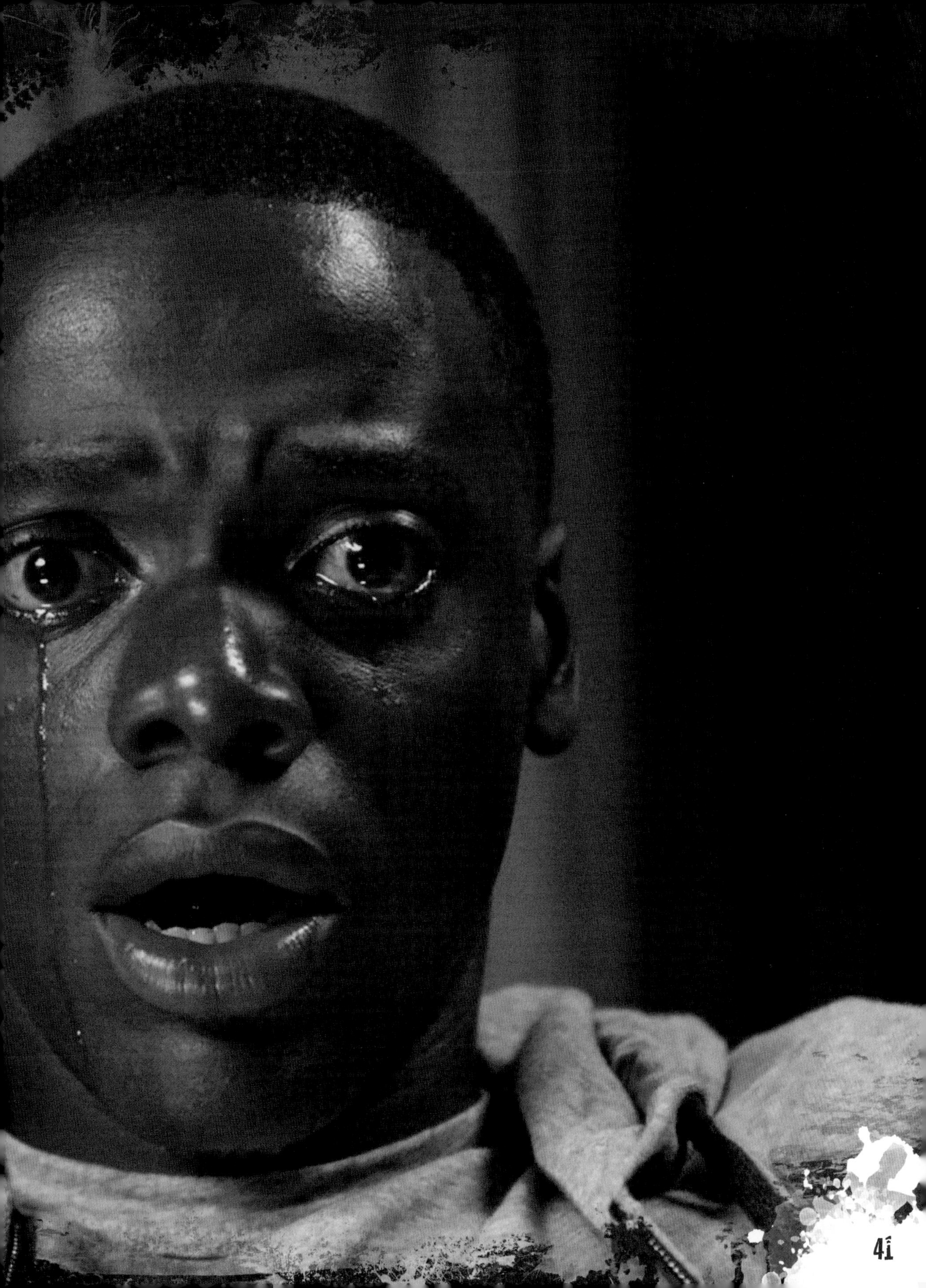

# BIENVENIDOS A LA LOCALIDAD DE LOVECRAFT

## LOCKE & KEY

CÓMIC

*Locke & Key.* 2008-2013. EE. UU. **Guion:** Joe Hill. **Dibujo:** Gabriel Rodriguez. **Editorial:** IDW. **Género:** Terror. Misterio. Fantasía.

### PUERTA A LA IMAGINACIÓN

Después de que el señor Locke fuese asesinado a sangre fría por dos paletos, el resto de su familia decide mudarse a «la casa de las llaves», una antigua mansión familiar situada a las afueras de un pueblecito llamado Lovecraft. En su nuevo hogar, los hijos de Kinsey Locke no tardan en ser cautivados por las numerosas y mágicas llaves que se esconden en el edificio; pero no es la única sorpresa que alberga la casa: una entidad maligna se ha puesto en marcha, y amenaza con destruir a toda la familia.

En 2008, el escritor de novelas de terror Joe Hill (hijo de Stephen King) se lanzaba a la creación de un cómic dibujado por el chileno Gabriel Rodriguez. El resultado es *Locke & Key,* un serial de desbordante imaginación y fantasía al que no le faltan momentos gore y terror psicológico. Si *Harry Potter* te parece muy *light,* no dudes en apuntarte a esta original propuesta.

## SIN MARVEL HAY PARAÍSO

*Locke & Key* constó de seis miniseries que se publicaron entre los años 2008 y 2013. Joe Hill empezó a concebir la historia cuando aún no había logrado la fama con *El traje del muerto,* su primera novela: «Era un novelista fracasado y había escrito tres o cuatro libros que no podía vender —comentaba Hill—. […] En medio de todo esto, un descubridor de talentos que había leído algunos de mis relatos cortos me preguntó si quería intentar escribir cómics, y me invitó a hacerlo con una edición de Spider-Man […] Escribí una historia de Spider-Man de once páginas y, después, estaba

ansioso por escribir más. Tenía varias propuestas. Una de ellas era una historia de terror acerca de una casa que estaba casi viva, llena de llaves hechizadas. Cada llave abría una puerta distinta y activaba un poder sobrenatural. Marvel no le prestó atención, pero yo sí». Posteriormente, Hill conseguía vender la idea a la editorial IDW, y así nacía este imaginativo cómic.

*Locke & Key* tiene de protagonistas a los miembros más jóvenes de la familia Locke: Bode es el más pequeño e inquieto, y el que, sin querer, permite la entrada a este mundo de una fuerza diabólica que pasa a encarnase en un adolescente conspirador llamado Dodge. Kinsey es la hermana inadaptada que busca su sitio, y Tyler el hermano protector que no ha superado la muerte de su padre.

## LA MUERTE FAVORITA DE LA VIEJA BRUJA

Un demonio parte por la mitad a un hombre con un hacha gigante. A la víctima se le ve la mitad del cerebro.

# LA CASA DE LAS LLAVES

El fondo de la historia es la eterna lucha del bien contra el mal. A través de generaciones, los habitantes de «la casa de las llaves» han protegido a la humanidad de fuerzas sobrenaturales que querían hacerse con su poder. Ahora, gracias a Dodge, la maldad está a punto de triunfar. A medida que los Locke van descubriendo para qué sirve cada llave, se huelen el peligro que puede conllevar que caigan en malas manos. Una de las cosas más divertidas de este cómic es elegir cuál es tú llave favorita. Las hay para todos los gustos, pero las

*Si Harry Potter te parece muy light, dale una oportunidad a esta original propuesta.*

más importantes son las siguientes: la llave de la mente, que te abre literalmente la cabeza si quieres introducirte conocimientos —puedes meterte un libro en el coco como si lo metieras en un saco—, pero que también te permite extraer emociones o recuerdos que no te gustan; la llave de doquiera, con la que se puede viajar a cualquier sitio; la llave gigante, que hace que te conviertas en gigante o giganta; la llave espíritu, con la que puedes salir del cuerpo y darte una vuelta por la casa, o la llave caja de música, que sirve para que puedas controlar a otra persona. Todas estas situaciones increíbles son ejemplarmente dibujadas por Gabriel Rodriguez, que con un estilo juvenil derrocha talento y creatividad, y nos obsequia con multitud de detalles en los que recrearse. Atención al diseño de las llaves… ¡Dan ganas de coleccionarlas todas!

# Curiosidades:

- La historia de los Locke finalizó en 2013, pero en 2017 se publicó un especial titulado *Locke and Key: Cielo y tierra*, que incluía tres historias nuevas autoconclusivas.
- En el cómic hay varios homenajes a H. P. Lovecraft. El pueblo ficticio se llama como él, y todo lo referente a la dimensión demoníaca de la que procede Dodge recuerda al mundo creado por del escritor de Providence.
- Joe Hill fue inventándose los personajes y las diferentes llaves mientras iba a comprar pañales para su bebé recién nacido.
- El cómic triunfó entre el público y la crítica, y Joe Hill ganó el prestigioso premio Eisner a mejor escritor en el año 2011. En los años 2009 y 2012, *Locke & Key* se llevó el premio a «Mejor cómic o novela gráfica» en los British Fantasy Awards.
- Tras varios intentos fallidos de adaptar el cómic a una serie de televisión, en 2020 Netflix compró los derechos y emitió la primera temporada de *Locke & Key*. Entre los fans hubo división de opiniones, ya que la adaptación elimina los aspectos más dramáticos del cómic y se decanta por la fantasía juvenil en vez de por el horror. Según Hill, en Netflix le dijeron que esos cambios eran necesarios para que la serie funcionase.

# TRAS LOS MUROS DE HILL HOUSE

## LA MALDICIÓN DE HILL HOUSE

**SERIE**

*The Haunting of Hill House.* 2018. EE. UU. Basada en la novela *La casa encantada,* de Shirley Jackson. **Creador:** Mike Flanagan. **Reparto:** Michiel Huisman, Carla Gugino, Henry Thomas. **Género:** Terror. Casas encantadas. Fantasmas. **Plataforma:** Netflix.

### LA CASA DE LA COLINA

Steve Crain es el famoso autor de *La maldición de Hill House,* un libro autobiográfico que cuenta su terrible infancia en Hill House, una casa encantada en la que vivió su familia hasta que falleció su madre. Aunque han pasado varios años desde aquellos acontecimientos, tanto él como su padre y hermanos son presa de problemas psicológicos y depresiones. Otra nueva tragedia en el seno familiar hará que regresen viejos fantasmas del pasado, y es que la sombra de Hill House es muy alargada.

Pese a que, por tratarse de una producción de terror, algunos críticos se pusieron de perfil, pocos dudaron en calificar *La maldición de Hill House* como la mejor serie de 2018. Porque esta miniserie de terror es más que unos cuantos sustos y una gran atmósfera: se trata de una de las obras más cautivadoras y espeluznantes de los últimos tiempos, con algunos pasajes inolvidables que harán que la recuerdes con un nudo en la garganta.

## ACTUALIZANDO LA MALDICIÓN

Cuando en abril de 2018 se anunció que la cadena Netflix estaba inmersa en una adaptación televisiva de *La casa encantada* (1959), pocos fans tuvieron fe en el proyecto. La obra maestra de Shirley Jackson había sido llevada al cine en 1963 con la insuperable *La mansión encantada*, y en 1999 con la soporífera y recargada *La guarida*, así que parecía que poco quedaba que contar del libro a nivel cinematográfico. Quizá por ese motivo, el creador de la serie y director Mike Flanagan tuvo claro que no reharía la novela ni el filme clásico de Robert Wise, sino que, manteniendo el espíritu del libro, actualizaría la historia para las nuevas generaciones. Como el desarrollo de la novela no daba para diez capítulos, se inventó nuevas tramas y personajes: «Para mí, *La maldición de Hill House* es una serie sobre la vida después de una maldición —explica Flanagan—, lo que sucede después de que aparecen los créditos en la mayoría de las películas de terror. Cuando hablas de personas perseguidas o luchando contra demonios, ahí se halla una valiosa metáfora». De ahí que el director no solo cuente una historia de fantasmas, transforma a estos en parte de los traumas psicológicos de los personajes, ¿suena complicado? No lo es, y Flanagan lo justifica: «Llegamos a esto con la filosofía de que no hay nada más aburrido que un "fantasma" normal. Para nosotros, los fantasmas que resultaron más interesantes fueron los que creamos en nosotros mismos, a lo largo de nuestra vida. Necesitábamos que los personajes informaran y crearan sus propios monstruos, o de lo contrario sería difícil preocuparse por lo que les sucediera».

## DOS TORMENTAS

El argumento de *La maldición de Hill House* es como un rompecabezas que, episodio a episodio, va tomando forma. La historia salta en el tiempo continuamente: en la parte del pasado vamos conociendo las intrigantes circunstancias que llevaron a la muerte a Olivia Crain, la madre de la familia, y también asistimos a cómo la maldad de la casa va afectando a sus hijos pequeños. En el presente, los Crain se enfrentan a otra terrible perdida, algo que irremediablemente parece ligado con el fallecimiento de su madre y con el destino que parece perseguirles a todos ellos. Las dos tramas son apasionantes por sus personajes: seres humanos atormentados, con dudas y miedos, incapaces de luchar contra sí mismos y contra lo desconocido. Cada miembro de la familia posee una personalidad creíble y atrayente, desde el torturado Luke, la frágil Nell, pasando por el frío Steven, la emocional Shirley o la volcánica Theodora, hasta la fascinante Olivia y su evasivo marido. Gracias a estos grandes personajes —y a quienes los interpretan—, todo lo que les sucede nos importa, emociona y da miedo. Por eso cuando llegan los tremendos sustos y las magníficas escenas de terror, las sensaciones se multiplican por mil. La serie va creciendo hasta un excitante final, y por el camino asistimos a un episodio —«Dos tormentas»— que ya ha pasado a la historia de la televisión, un ejercicio de virtuosismo y drama que termina con una imagen capaz de congelar todos los músculos de tu cuerpo.

## LA MALDICIÓN DE BLY MANOR

*La maldición de Hill House* causó verdadero furor en los medios y los espectadores, y Netflix la renovó para una segunda temporada como una serie de antología. Para estos nueve episodios —bajo el título de *La maldición de Bly Manor* (2020)—, volvieron a escoger otra de las grandes obras literarias del género: *Otra vuelta de tuerca* (1898), de Henry James. Adaptada en multitud de ocasiones para cine y televisión, la versión definitiva fue rodada por Jack Clayton en 1961, y se tituló *Suspense*. Esta genial historia de terror psicológico se convirtió en un reto para Mike Flanagan, pues el libro de James era aún más corto que la novela de Shirley Jackson. Básicamente, la historia es la misma: Dani es una *au pair* a la que contratan para cuidar y educar a Flora y Miles, dos niños huérfanos que viven en Bly Manor, una lujosa mansión en Inglaterra. El extraño comportamiento de Miles y el pasado reciente de la casa —con la muerte de la anterior cuidadora— provoca que Dani tema por la vida de los niños.

## LA MUERTE FAVORITA DEL GUARDIÁN DE LA CRIPTA

Una víctima se dispone a enfundarse el precioso vestido de una mujer fallecida. De las mangas del traje salen dos manos fantasmales que se aferran al cuello de la víctima hasta que esta muere estrangulada. Le sentó mal el vestido, je, je.

## UNA HISTORIA DE AMOR

En *La maldición de Bly Manor* se sigue el esquema de la primera temporada, y vamos conociendo la historia de los personajes a través de continuos cambios temporales. La novedad es que tales cambios se van repitiendo en algunos personajes, como si estuvieran atrapados en momentos clave de sus existencias y les costara salir de ellos. La idea de vivir en tus propios recuerdos una y otra vez es muy atractiva, aunque en la miniserie se usa en exceso y puede llegar a causar cierta confusión. Otra característica que resulta llamativa son sus interminables diálogos. Los personajes son interesantes, pero hablan más que un político borracho, dan demasiada información de todo lo que les pasa. Se percibe que la trama se alargó imprudentemente, porque la historia en sí engancha, y Flanagan vuelve a demostrar que es un maestro a la hora de fusionar elementos sobrenaturales y psicológicos. Tampoco hay grandes sobresaltos en *La maldición de Bly Manor,* porque se trata más de un relato de amor con fantasmas, y el terror solo surge en pequeñas dosis, y de forma particular en el excelente penúltimo episodio rodado en blanco y negro.

Esta miniserie no está a la altura de su predecesora, ni es una buena adaptación de la novela, sin embargo es más que interesante y, por su factura, personajes y actores, merece un visionado.

Es una serie sobre la vida después de una maldición. Lo que sucede después de que aparezcan los títulos de crédito en la mayoría de las películas de terror.

argumento redondo, por la manera como fue grabado. El director Mike Flanagan quería filmar el episodio sin cortes, así que lo rodó en cinco planos secuencia que, para mayor dificultad, simultaneaban las historias del pasado y presente de los personajes. Se necesitaron más de cien personas para que movieran el decorado, iluminaran los planos y coordinaran al reparto a medida que la cámara se movía; el resultado es una envolvente joya cinematográfica.

- Puede que durante un capítulo sientas inquietud y no sepas el motivo. La explicación se debe a que el director utilizó unos treinta fantasmas ocultos —o huevos de Pascua— a lo largo de la serie. Si te fijas con atención, seguro que ves unos cuantos.

- Parte del reparto de *La maldición de Hill House* repite en *La maldición de Bly Manor* interpretando papeles distintos, algo que ya vimos en *American Horror Story*, otra serie de antología.

- Varios seguidores de la serie publicaron una teoría sobre los hermanos Crain, según la cual cada uno de los cinco representaría la llamada «teoría del duelo»: negación (Steve), ira (Shirley), negociación (Theo), depresión (Luke), y aceptación (Nell). Mike Flanagan contestó en Twitter «bien visto», aunque los actores reconocen que durante el rodaje nadie mencionó esta cuestión.

- Antes de crear este proyecto, Flanagan ya era considerado una de las grandes promesas del cine de terror, con títulos como *Absentia* (2011), *Oculus* (2013) o *El juego de Gerald* (2017).

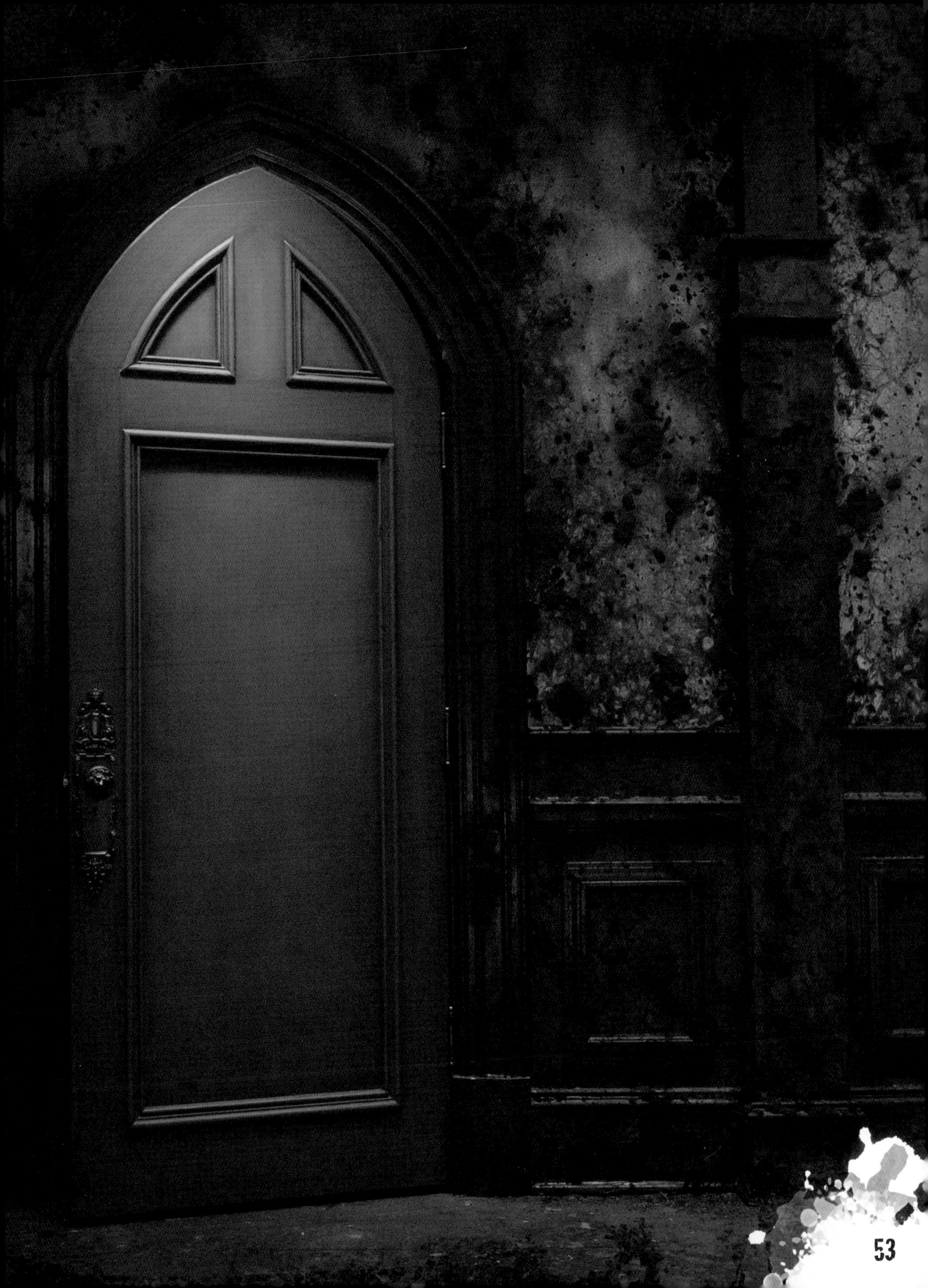

# UN CONJURO EN RHODE ISLAND

## EXPEDIENTE WARREN: THE CONJURING

**PELÍCULAS**

*The Conjuring (Warren Files).* 2013. EE.UU. **Dirección:** James Wan. **Reparto:** Vera Farmiga, Patrick Wilson, Lili Taylor. **Género:** Terror. Casas encantadas. Basada en hechos reales. 112 min.

### RENOVANDO EL GÉNERO

En 1971, la familia Perron se traslada a una casa de campo en Rhode Island. Nada más instalarse, su perro es encontrado muerto y a la madre le salen moretones en la pierna y la espalda. Con el paso de los días, los fenómenos paranormales van en aumento, y las cinco hijas de Roger y Carolyn parecen el objetivo de una entidad diabólica que cada vez se hace más fuerte. Desesperada, Carolyn pide ayuda al matrimonio Warren, unos reputados expertos de lo paranormal; al llegar a la casa, los Warren se dan cuenta del peligro que corre la familia.

Considerada una de las grandes sorpresas de la segunda década del 2000, *The Conjuring* ha dado lugar a toda una saga de películas y *spin-offs* que parecen no tener fin. Gustarán más o menos, pero hay que reconocer que los Warren, Annabelle o la siniestra monja ya son parte del imaginario colectivo de los amantes al fantástico.

## ¿REALIDAD O FICCIÓN?

Las películas de *Expediente Warren* se basan en casos reales investigados por Ed y Lorraine Warren, dos famosos demonólogos que dedicaron toda su vida a desentrañar misterios del más allá. El director del filme, James Wan, sabía de la dificultad de adaptar un hecho verídico al cine: «Soy muy consciente del cinismo de la gente sobre las películas supuestamente basadas en hechos reales —explica Wan—, y sobre todo en el género de horror. Cuando sale una película como *Argo* nadie la cuestiona […] pero cuando se trata del género de terror me parece que se ha diluido demasiado. Muchas películas dicen estar basadas en hechos reales solo por la publicidad […] Quería llevar con orgullo la etiqueta de "basada en una historia real", así que lo que hicimos al principio fue consultar con Lorraine y los Perron lo más que pudimos. De esa manera, las voces que pondríamos en la película serían las voces de las personas reales». Después de ver el filme, cada cuál tendrá su propia opinión sobre si esos hechos pudieron suceder o no, pero lo que resulta menos discutible es que *The Conjuring* consigue su propósito: da miedo, nos creemos sus personajes —perfectos Patrick Wilson y Vera Farmiga como los Warren—, y, por supuesto, damos más de un salto del asiento (atención al juego de las palmas o al armario siniestro).

## EL TREN DE LA BRUJA

James Wan es todo un experto a la hora de crear incertidumbre en el espectador. En la película, hay momentos que piensas que te van a dar un buen susto, pero te quedas con las ganas; luego, cuando menos te lo esperas, llega el golpe de efecto y solo te queda gritar o agarrarte al brazo de tu pareja. Muchos han tildado esta clase de producciones como «trenes de la bruja», donde lo que importa son los sobresaltos y los golpes de sonido. Precisamente, filmes como el presente u otros títulos como *Insidious* o *El exorcismo de Emily Rose*, ponen de manifiesto que son algo más que meros pasatiempos de feria. Están bien dirigidos, interpretados y puedes volver a verlos y disfrutarlos como la primera vez. Además, *The Conjuring* es, aparte de un título indispensable, mucho más clásica de lo que parece, y su tenebrosa atmósfera recuerda a *La leyenda de la mansión del infierno* (1973) o a las primeras películas de la saga de Amityville. ¿Una pega? si eres fan de las muertes sangrientas, esta no será tu saga favorita.

# EL CASO ENFIELD

En 2016 se estrenó *Expediente Warren: El caso Enfield*, secuela también realizada por James Wan y con la misma pareja protagonista. La historia adapta los documentos de los Warren referidos a un suceso llamado «el poltergeist de Enfield», en el que una familia compuesta por una madre y sus cuatro hijos fueron víctimas del acoso de fuerzas paranormales en una casa situada en la ciudad de Enfield (Londres).

Si en el principio de *The Conjuring* conocíamos a la espeluznante muñeca Annabelle, en *El caso Enfield* la secuencia de apertura nos sorprende con la visita de los Warren a la casa de Amityville, controvertida investigación en la que estuvieron involucrados durante los años setenta. Tras este impactante comienzo —donde se origina la primera aparición de una espeluznante monja—, la película se convierte en un espectáculo de miedo de primer orden, con un carrusel de sustos, escenas sorprendentes e instantes para el recuerdo, como el interrogatorio de Ed a una de las hijas en el sofá favorito de uno de los fantasmas, o la alucinante secuencia del cuadro de la monja; y no, no vamos a decir que la escena más terrorífica se produce cuando Patrick Wilson imita a Elvis Presley tocando la guitarra… ¡Porque lo hace muy bien!

*El caso Enfield* es una gran continuación, emocionante y vibrante hasta el final, y puso el listón muy alto para las siguientes producciones de la saga.

## LA MUERTE FAVORITA DEL GUARDIÁN DE LA CÁMARA

En *Annabelle: Creation* un hombre intenta enfrentarse a la muñeca con una cruz. El demonio hace que todos los dedos de la mano que sujetan el crucifijo se partan, justo antes de matarlo.

## ANNABELLE SERÁ TU AMIGA HASTA EL FINAL

Con sus breves cameos en *The Conjuring*, la muñeca Annabelle se ganó el favor del público y, ante todo, de los productores. Procedente de otro archivo de los Warren, esta muñeca maldita intentó poseer a dos enfermeras haciéndolas creer que en su interior habitaba la dulce alma de una niña de nombre Annabelle Higgins. Los Warren intervinieron a tiempo para hacer ver a las chicas que lo que habitaba dentro del juguete era un demonio.

*Annabelle* (2014), procuró no salirse del camino impuesto por la cinta original, y la indiscutible presencia de la muñeca —la real no era tan fea—, dio mucho juego a la hora de asustar a los espectadores. Desgraciadamente, se echa en falta una historia más sólida, y los personajes son olvidables. Pese a

sus discretos resultados artísticos, en 2017 se rodó *Annabelle: Creation,* una secuela superior en todos los aspectos. Al filme le sienta muy bien el cambio de escenario, un orfanato en medio de la nada, y se nota que pusieron más cuidado en la trama y los personajes. Annabelle está en plena forma y hace pasar un mal rato a los pobres niños que caen bajo su influjo. La película posee una ambientación creíble, buenos efectos especiales y es la mejor de las tres películas sobre la muñeca. Con *Annabelle vuelve a casa* (2019), se cerró el argumento iniciado en *The Conjuring,* cuando la hija de los Warren estuvo a punto de ser víctima del juguete. Una película entretenida, con cameos de los Warren —de los actores, no de los reales—, y con momentos marca de la casa, como las escenas que tienen que ver con el sonido de ciertas monedas o un pirotécnico y angustioso final.

## LA MONJA Y EL HOMBRE TORCIDO

Aunque *El caso Enfield* se basó en hechos reales, las dos entidades maliciosas que sobresalían en la historia eran totalmente ficticias. Por un lado, estaba el hombre torcido, un ser que recordaba a Jack Sellington, el Señor de Halloween en *Pesadilla antes de Navidad* (1993), pero más siniestro si cabe. De esta particular criatura se espera su salto a la pantalla en 2022. Más protagonismo tenía la singular monja, con ese *look* similar a un Marilyn Manson con hábito, que parecía un personaje condenado a tener su propia saga. El esperado estreno de *La monja* se produjo en 2018, y su sinopsis era atrayente: A la muerte de una monja de clausura en una abadía en Rumanía, un sacerdote versado en el demonio y una novicia son enviados a investigar la causa de la defunción. En el lugar de los hechos descubren que existe una orden corrupta y devota de Satanás que pretende invocar a su señor. La película tiene aire a serie B, la unión de la iconografía religiosa y satánica es sugestiva, y hay que destacar la estupenda y tétrica atmósfera de la abadía y sus alrededores. Lástima que se reincida demasiado en los lugares de siempre y falte más diversión, porque si la película hubiera sido un poco más atrevida y loca —como demuestra la brillante secuencia del entierro del sacerdote—, probablemente esta no habría sido la única aventura de la monja con menos vitamina D de la historia del cine.

# EXPEDIENTE WARREN: OBLIGADO POR EL DEMONIO

La trilogía de los Warren culminó con *Expediente Warren: Obligado por el demonio* (2021), basada en el caso de un tal Arne Johnson, que en 1981 fue acusado de matar a su casero. Arne se defendió alegando que el hermano menor de su prometida había sido poseído por Satán, y que después este había entrado en él, obligándolo a asesinar a la víctima. Los Warren dieron fe de que el muchacho fue engañado por el diablo, pero dicho argumento no se aceptó durante el juicio y acabó cumpliendo condena. Para incrementar el suspense, en el filme se introduce una secta satánica, que supuestamente podría estar detrás de la posesión del chico.

Siendo un correcto final para la trilogía, la ausencia del guionista y director de las dos primeras partes pesa como una losa. Después de un prólogo excitante, la película sube y baja como una montaña rusa, y le falta la incertidumbre constante que desprendían las cintas anteriores. No es una decepción —hay algún buen susto—, pero el desgaste de la saga queda patente, y solo la presencia de Patrick Wilson y Vera Farmiga salvan una producción que, al menos, se arriesga a salir de lo habitual.

El filme fue dirigido por Michael Chaves, realizador de *La llorona* (2019), largometraje que también pertenece, de pasada, al universo Warren: en la historia de esta leyenda urbana mexicana hay un cura que habla de la muñeca Annabelle, y en un momento dado se le ve llevándola a una iglesia. Como en todas las películas de la saga, *La llorona* tiene sus puntos fuertes en su estilo clásico y en el diseño artístico de la torturada criatura. De largo, lo más interesante de esta convencional entrega es un curioso y exótico exorcismo latino, que le da un punto de originalidad al relato.

*The Conjuring* consigue su propósito: da miedo, nos creemos sus personajes —perfectos Patrick Wilson y Vera Farmiga como los Warren—, y, por supuesto, damos más de un salto del asiento.

# Curiosidades:

- Al final de la primera película, Ed Warren comenta algo sobre una nueva investigación en Rhode Island. Esto conectaría con el principio de *El caso Enfield*, ya que la casa de Amityville se encuentra en ese Estado.
- En realidad, Annabelle no era una muñeca de madera y no daba tanto miedo; era de trapo y pertenecía a un modelo llamado Raggedy Ann.
- *The Conjuring* es, hasta ahora, una de las películas más taquilleras del cine de terror, junto a *El exorcista*.
- El impresionante museo de ocultismo de los Warren existe, se encuentra en Connecticut y se puede visitar.
- Hubo otros casos donde los Warren estuvieron implicados. De todos ellos dos fueron llevados a la pantalla: *Apariciones* (1991), un recomendable telefilme de casas malditas, y *Exorcismo en Connecticut* (2009), basado en uno de los sucesos que más fama dio a esta pareja de demonólogos.
- Los Warren nunca cobraron por sus investigaciones, y sacaban dinero de otros negocios. Lorraine llegó a hacer un cameo en *The Conjuring* y en *Apariciones*.

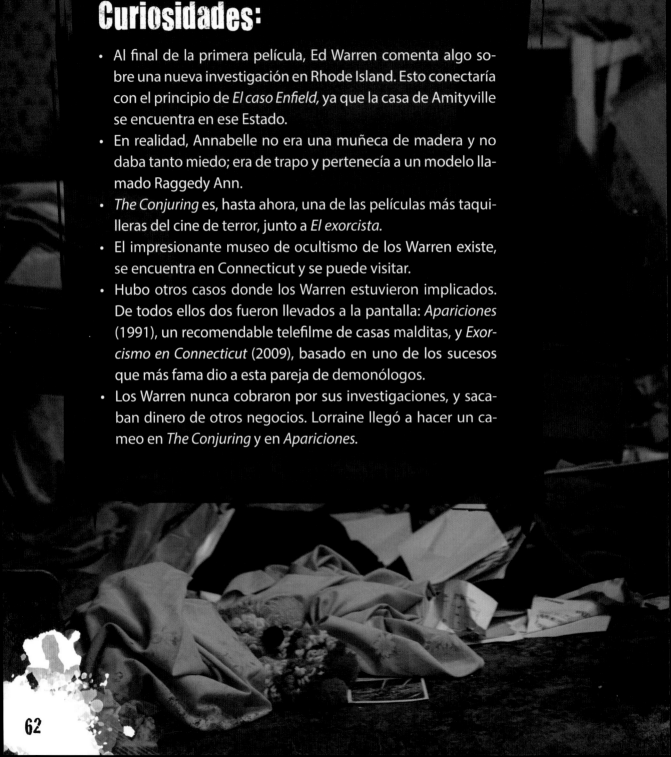

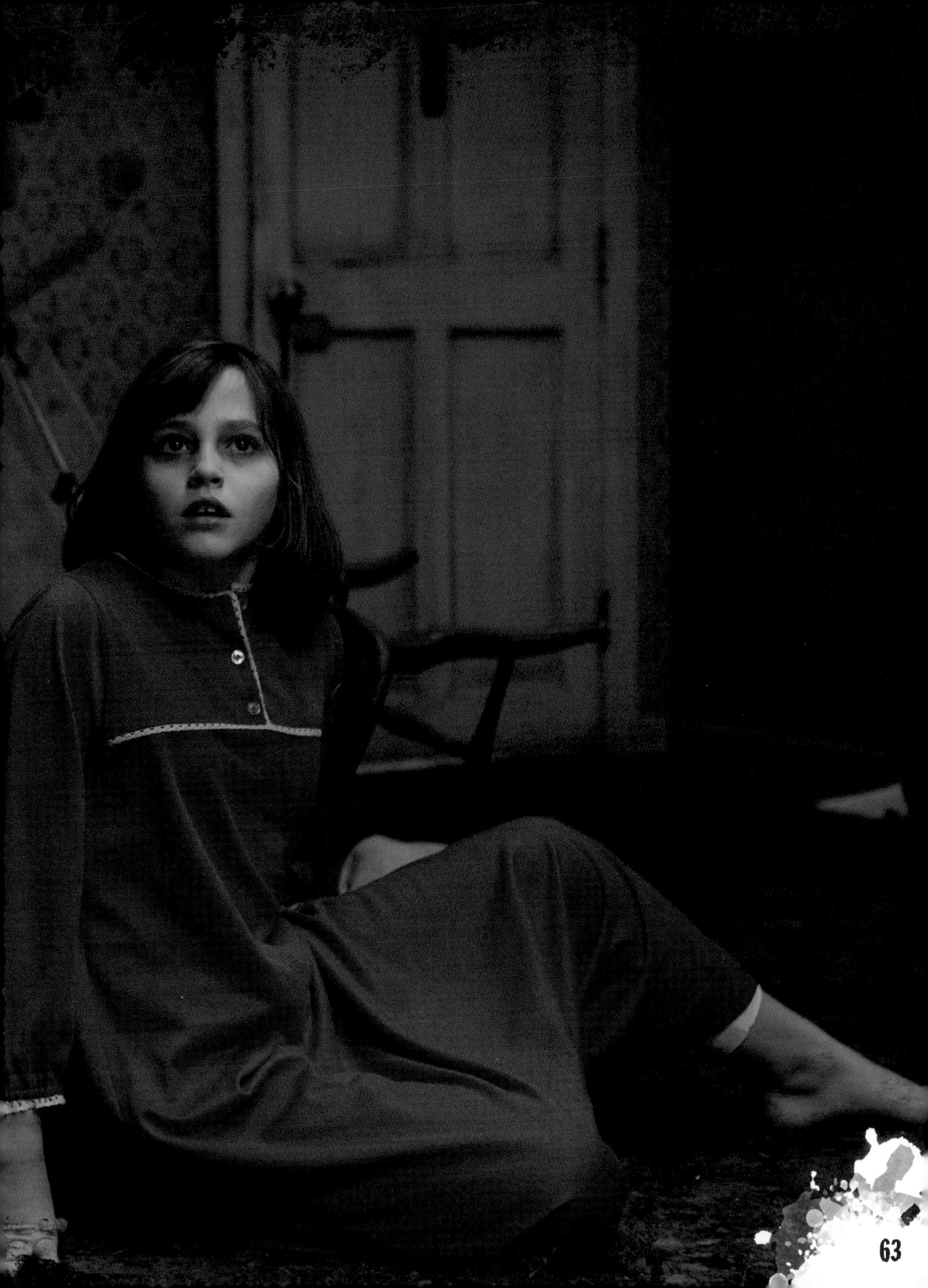

# LA MISTERIOSA GRANJA DE LOS BAKER

## RESIDENT EVIL VII: BIOHAZARD

V I D E O J U E G O

*Biohazard VII: Resident Evil.* 2017. Japón. **Diseño:** Hajime Horiuchi, Keisuke Yamakawa. **Dirección:** Koshi Nakanishi. **Compañía:** Capcom. **Género:** Horror de supervivencia. **Plataformas:** Playstation 4 y VR, Xbox ONE, Nintendo Switch, PC.

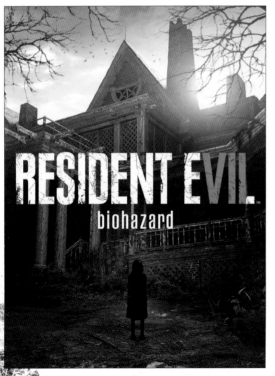

### UN NUEVO COMIENZO

Ethan Winters lleva tres años sin saber nada de su esposa Mia, que desapareció mientras hacía de niñera. Ahora recibe un misterioso vídeo de ella, invitándole a una granja situada en Dulvey, Luisiana. Ethan viaja hasta allí y se encuentra la propiedad abandonada, pero mientras indaga por la casa descubre a Mia encerrada en un sótano. Después de liberarla, intentan escapar, pero la chica es poseída por una fuerza maléfica y a Ethan no le queda más remedio que acabar con su vida. La muerte de Mia no es más que una muestra del horror que espera en el interior de la granja.

El séptimo episodio de la mítica saga de *survival horror* sirve como reinicio de la franquicia, y aparca las tramas de los anteriores *Resident Evil* para empezar de cero con un personaje nuevo —Ethan Winters—, volviendo a la jugabilidad de las entregas iniciales, donde primaba la exploración y el terror por encima de la acción.

# HORROR EN VIVO

Inspirado en el filme *Posesión infernal* (1981), la primera versión del video-juego seguía las constantes de las últimas aventuras de Leon S. Kennedy y compañía, pero los mandamases llegaron a la conclusión de que se estaba perdiendo la esencia del juego, y había que retomar el horror de supervivencia de la serie. Para recuperar la angustia y la sensación de terror que tanto echaban de menos los seguidores, se optó por crear un juego en primera persona con una única localización: la granja de la familia Baker. Como suele ser habitual, dicho emplazamiento da para mucho, pues la propiedad consta de varios edificios, con sus consiguientes sótanos, buhardillas, pasadizos…

*Resident Evil VII* consigue su objetivo de ponernos el corazón en un puño —literalmente—, mientras nos mete unos sustos de infarto. Para ello se arriesga tomando nuevos caminos, pues los personajes que nos hacen saltar del asiento no son monstruos ni zombis, sino los miembros enloquecidos y fantasmales de la familia Baker que, de repente, salen a tu paso con un rictus demente y lo único que te pide el cuerpo es salir corriendo de allí como alma que lleva el diablo.

## NERVIOS DE ACERO

Si no frecuentáis este tipo de aventuras, es aconsejable armarse de paciencia y tener los nervios de acero, pues de lo contrario la primera parte del juego se os puede hacer muy cuesta arriba. Ethan Winters es un tipo normal, sin habilidades especiales, por lo que hasta que no se pertrecha de varias armas sufre todo tipo de torturas, mutilaciones y humillaciones varias. Pensaréis que los enemigos son invencibles y que solo podéis esconderos para sobrevivir. Puro *Resident Evil*. Mantened la calma, ya con la clásica escopeta y un buen lanzallamas iréis progresando, siempre que los Baker os dejen, claro. Esta disfuncional familia son los verdaderos enemigos del juego. Todos ellos son jefes finales, y siempre que puedan saldrán para fastidiaros o meteros un buen susto. No hay zombis, pero sí holomorfos —unas feas criaturas con una gran boca— e insectos gigantes bastante fastidiosos.

Hay partes de este juegazo que son para dejar el mando y aplaudir.

## FELIZ CUMPLEAÑOS

La mecánica del juego (los puntos de control, los puzles o las pistas en forma de grabaciones de vídeo) es similar a las de anteriores entregas. La ambientación es asombrosa —recordando en algunos momentos la atmósfera rural de *Resident Evil IV*—, con un grado de detalles alucinante y una iluminación de lujo. Un diez para el sonido, a la altura de *Resident Evil II,* y un desarrollo de personajes e historia notable. Hay partes de este juegazo que son para dejar el mando y aplaudir, en especial el desasosegante episodio del cuarto de los niños, la refriega en el garaje o el momento de la fiesta de cumpleaños de Lucas —el hijo de las Baker—, con una de las ideas más geniales vistas jamás en un videojuego.

## LA MUERTE FAVORITA DE LA VIEJA BRUJA

Por muy poseída que esté, el hecho de que tu personaje acabe matando a su esposa a martillazos no deja de ser sumamente inquietante. Y eso que antes Mia te había cortado la mano y acuchillado de mala manera.

# Curiosidades:

- *Resident Evil VII* posee varias expansiones y contenidos descargables. Hay dos DLC llamados *Grabaciones inéditas* con varias mini historias en las que se manejan a distintos personajes. Uno de ellos es Clancy Jarvis, un cámara que es atrapado por los Baker al principio del juego. También recomendables son las dos expansiones: *El fin de Zoe,* y sobre todo, la sangrienta *No soy un héroe,* donde te pones en la piel de Chris Redfield.

- Es uno de los juegos más valorados de estos últimos años por los *gamers,* y uno de los mejores de la franquicia. En la prestigiosa página de críticas profesionales Metracritic ostenta una alta puntuación: 88/100.

- Hay varias referencias a otras partes de la saga: se puede ver un cuadro con una fotografía de las montañas Arklay, lugar donde se alzaba la mansión Spencer del primer *Resident Evil,* y en un periódico hay una noticia firmada por Alyssa Aschcroft, una de las protagonistas de *Resident Evil: Outbreak.*

- El patriarca de la familia Baker, Jack Baker, tardó un tiempo en recibir un nombre, ya que durante el desarrollo del juego sus creadores le llamaban «Daddy» (Papá). Al final le pusieron de nombre Jack, en homenaje a Jack Torrance, el cabeza de familia de *El resplandor.*

- Las peripecias de Ethan Winters continúan en *Resident Evil: Village* (2021), de nuevo en primera persona y con grandes parecidos a *Resident Evil IV,* incluido un maletín donde guardamos nuestras cosas y un pueblo de la Europa profunda, aunque esta vez se sustituye aquella absurda España mexicanizada —pero tan inquietante—, por un punto geográfico de Rumanía.

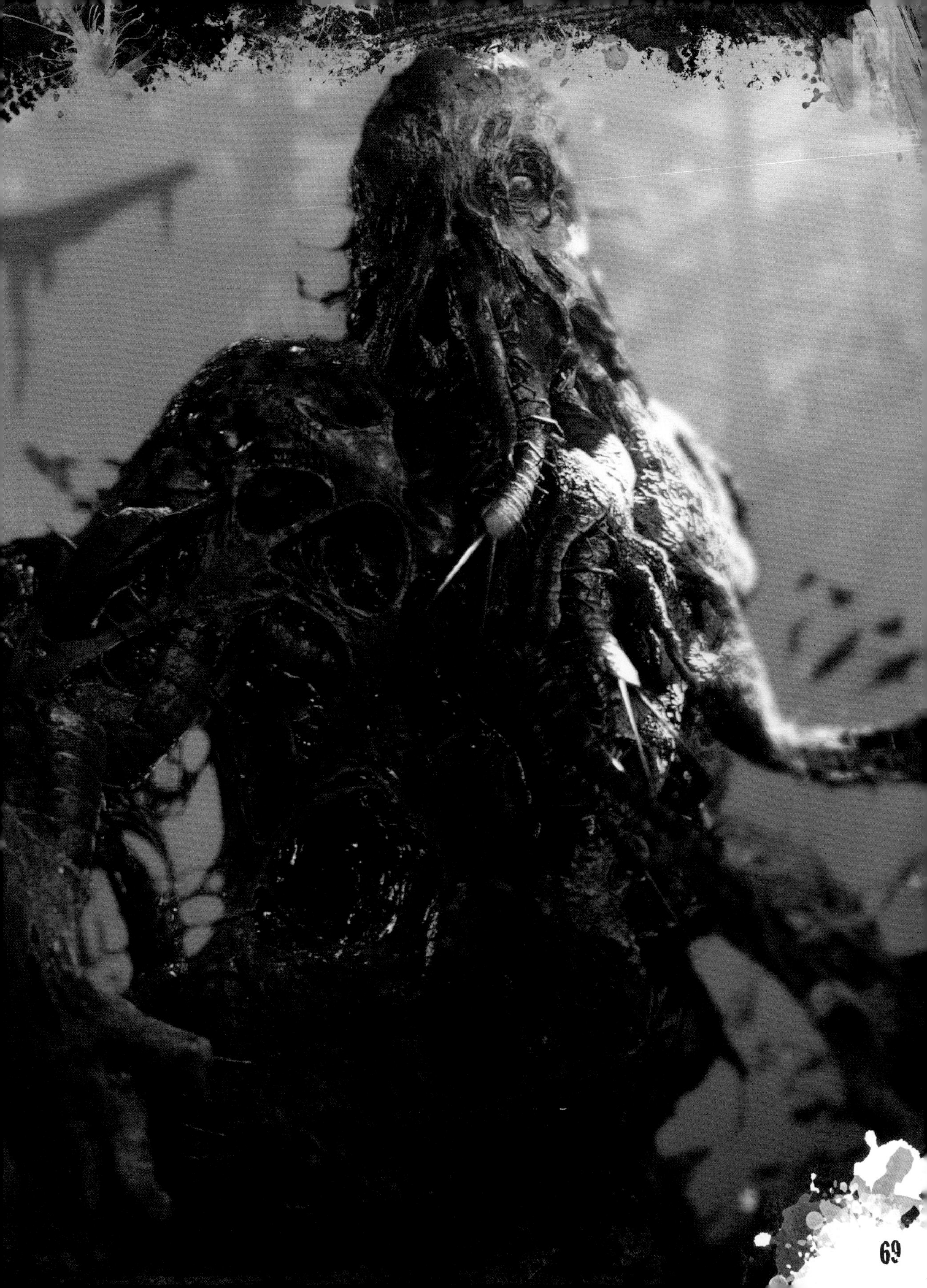

## LA MATANZA DE TEXAS

**PELÍCULAS**

*The Texas Chainsaw Massacre.* 1974. EE. UU. **Dirección:** Tobe Hooper. **Reparto:** Marilyn Burns, Paul A. Partain, Gunnar Hansen. **Género:** Terror. Slasher. 83 min.

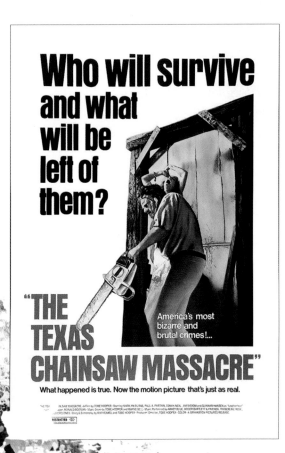

### EL NACIMIENTO DE UNA LEYENDA

Cinco amigos viajan a un cementerio de Texas para confirmar que la tumba del abuelo de uno de ellos no ha sido profanada por unos saqueadores. De regreso, la furgoneta se queda sin gasolina y una de las parejas se acerca a una granja para pedir ayuda. No se pueden imaginar la terrible experiencia que les espera en aquel lugar regentado por los Sawyer, algo más que una bizarra familia.

*La matanza de Texas* (1974) es una de las obras de terror más famosas de todos los tiempos, e inauguró oficialmente el subgénero *slasher*, esas películas donde grupos de jovencitos son masacrados por un enmascarado. En su día, el filme levantó una gran polvareda por su tratamiento de la violencia y, de forma injusta, se ganó una mala fama de película gore —cuando no lo es— que provocó que varios países prohibieran su estreno. Vista hoy, mantiene ese aire malsano, de locura, que sigue produciendo no pocos escalofríos.

## BAJO PRESUPUESTO, ALTOS RESULTADOS

*La matanza de Texas* fue escrita y dirigida por Tobe Hooper, maestro del cine de terror que realizó, entre otras, obras como *El misterio de Salem´s Lot* (1979) o *Poltergeist* (1982). Hooper tuvo la idea de la película mientras intentaba hacer las compras navideñas en un supermercado atestado de gente: «Quería salir de ahí como fuera. Había cientos de personas. Yo estaba en la sección de ferretería y justo había una fila de sierras mecánicas en venta. Entonces pensé qué ocurriría si cogía una, la encendía y atravesaba toda esa multitud con ella». Después se juntó con el guionista Kim Henkel y buscaron información sobre asesinos en serie, fijándose especialmente en las figuras de Elmer Wayne Henley y Ed Gein, famoso homicida y caníbal que también sirvió de inspiración para el Norman Bates de *Psicosis* o el Hannibal Lecter de *El silencio de los corderos*. De ahí surgiría la familia de paletos de la película y su gusto por la carne poco hecha. Debido al exiguo presupuesto, Hooper solo contó con treinta días de rodaje, a razón de unas doce horas diarias siete días a la semana. A esta dificultad se añadieron las altas temperaturas en interiores y exteriores (se rodó en julio), lo que hizo que las jornadas fueran mucho más duras. Con todo, el clarividente director admitió posteriormente que, durante la filmación, él ya sabía que estaban logrando una hacer una gran película.

## CARA DE CUERO Y COMPAñíA

Una buena cinta de terror no es lo mismo sin un antagonista que te ponga los pelos de punta. Desde su primera aparición en la película, sabes que ese gigantón con delantal de carnicero y máscara fabricada con piel humana va a ser la verdadera atracción del filme. El actor Gunnar Hansen encarnó al personaje llamado «cara de cuero», y cuenta cómo se hizo con el papel: «Me acababan de despedir de un trabajo de camarero, y me enteré de que iban a rodar una película en la ciudad (Round Rock, Texas) y buscaban a un actor que fuera el asesino. Cuando fui a informarme, un tipo me dijo que ya habían contratado a alguien, y que era una lástima, porque yo era perfecto para el papel. Dos semanas después volví a encontrarme con el tipo y me explicó que el hombre al que habían contratado para hacer de asesino estaba escondido en un motel totalmente borracho». Más tarde, Hooper le contó a Hansen que lo eligió porque cuando entró para hacer la entrevista su cuerpo «llenaba la puerta». Habían escogido al tipo más grande de la ciudad y no necesitaban que recitase a Shakespeare, ya que el personaje denotaba una discapacidad intelectual y solo se comunicaba con gruñidos. El tamaño de Hansen, su aspecto y su inseparable sierra mecánica dieron lugar a uno de los monstruos más reconocibles del terror, aunque no el único de la película ¡Qué decir del resto de los Sawyer, como el loco de la navaja o el abuelo momificado, que incluso moribundo aún tiene sed de sangre!

Una vez dejes de gritar, podrás hablar de esta película.

## REALISMO SIN GORE

¿Por qué *La matanza de Texas* se recuerda como una película más sangrienta de lo que realmente es? La respuesta apunta a nuestro cerebro, siempre dispuesto a rellenar las partes que faltan y que supuestamente deberían estar ahí. Pongamos como ejemplo el momento donde cara de cuero cuelga a una víctima de un gancho de carnicero, o aquel en el que mata al inválido con la sierra mecánica. Recordamos esos instantes como sangrientos y gore, pero realmente en la escena del garfio no hay ni una gota de sangre, y en la del inválido «solo» vemos las salpicaduras rojas en el cuerpo del asesino, pero no hay nada explícito. La ambientación, los sonidos y el tono documental de la película añaden esa capacidad de sugestión necesaria para

que todo nos parezca más real y crudo. Hooper da una lección de lo que significa representar el horror en una pantalla de cine.

## LA MUERTE FAVORITA DEL GUARDIÁN DE LA CRIPTA

En *La matanza de Texas III,* la familia caníbal cuelga a un joven bocabajo, atravesando sus pies con unos garfios. Acto seguido, la malvada hija pequeña tira

de una anilla y acciona un mecanismo pendular que lanza un martillo de grandes dimensiones sobre la cabeza del muchacho, al que después desangran sobre un cubo de metal. Así me gusta, sin desperdiciar nada.

## UNA SAGA FALLIDA

En años posteriores, fueron cayeron secuelas como manzanas maduras, hasta sumar un total de ocho películas. La primera, *La matanza de Texas II* (1986) se hizo de rogar, pero la volvió a dirigir Hooper. Es una loca secuela que poco tiene que ver con la original, salvo los personajes de la familia Sawyer. El realismo es sustituido por un espectáculo de acción y sangre con brochazos de humor grueso y, esta vez sí, con gore a raudales y un épico duelo con motosierras. La tercera de la saga, *La matanza de Texas III* (1990), se saltaba los acontecimientos de la segunda y venía a ser una especie de *remake* de la primera. Era una producción con escenas impactantes, pero poco memorable. La cuarta (*La matanza de Texas: La nueva generación,* 1994), fue otro intento de relanzar la saga, con Kim Henzel, guionista de la primera parte, a los mandos. El resultado fue muy pobre —se quiso introducir una «cara de cuero» femenina—, y es una de las continuaciones más flojas. Después de este descalabro se produjo un paréntesis de nueve años, hasta que Warner Bros tomó las riendas de un nuevo proyecto y en 2003 anunciaba *La matanza de Texas,* un ambicioso *remake* que podía presumir de una factura técnica notable y de respetar los códigos de la

primera película. Tras una buena acogida, la siguiente, *La matanza de Texas: El origen* (2006) continuó en la misma línea que la anterior, repitiendo actores y estética, pero con menos chispa y llevando al exceso el sadismo y el gore. En *La matanza de Texas 3D* (2013), se pretendió «humanizar» a los Sawyer, en un giro controvertido que no convenció a la crítica, y menos a los puristas de la saga. Otro episodio de la franquicia fue *Leatherface* (2017), una extraña precuela que indagaba en la infancia de cara de cuero, y que pecaba de incongruente con respecto al filme de Hooper. En 2022 la saga vuelve a sus principios, y se estrena una secuela directa del filme de Hooper producida por Netflix.

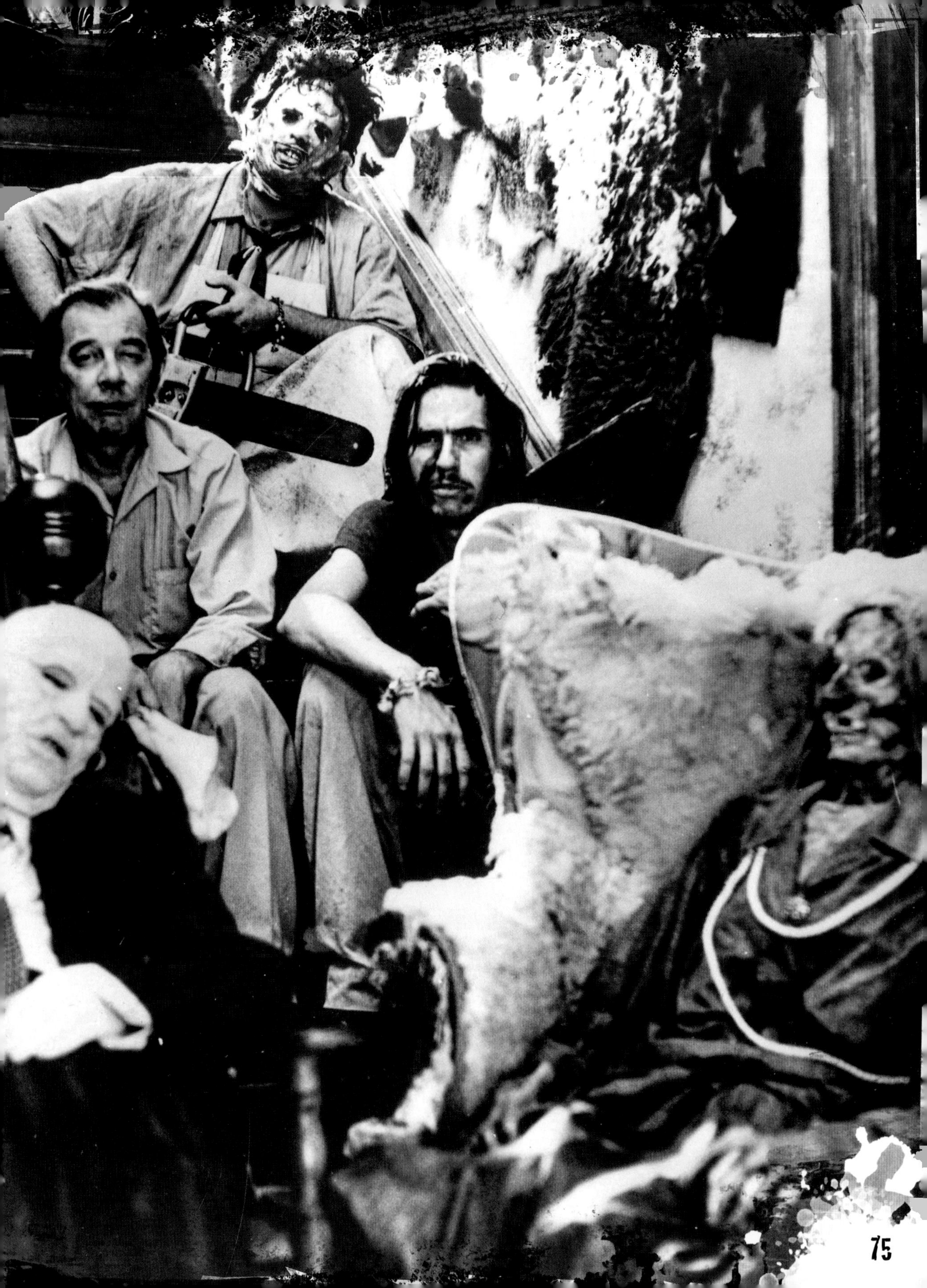

# Curiosidades:

- A causa de la falta de dobles para sustituir a los actores en las escenas peligrosas, todo el reparto acabó magullado y con heridas de todo tipo, hasta el punto que, en un momento dado, algunos miembros del set pensaron que Gunnar Hansen había matado realmente al actor William Vail, la primera víctima de la película. Hansen golpeó con el martillo al joven de forma accidental y, afortunadamente, la herramienta estaba acolchada, por lo que la cosa no pasó a mayores.

- Podemos observar que cara de cuero cambia de máscara en dos ocasiones. La máscara de piel que lleva al comienzo es la del carnicero, con la que mata sin piedad. Luego le vemos con otra con una peluca de anciana, con la que parece querer sustituir a la figura de la madre o de la abuela fallecidas. La tercera aparece durante el desenlace, y se trata de una máscara de mujer cubierta de maquillaje con los labios pintados, en lo que parece una alusión a los traumas sexuales que sufre el asesino, probablemente producidos por pertenecer a una familia psicótica y endogámica.

- Gunnar Hansen solo interpretó en una ocasión a cara de cuero, y regresó para hacer un cameo en *La matanza de Texas: El origen*. El personaje pasó por varios actores a lo largo de la saga, y el único que repitió fue Andrew Bryniarski, que se puso la máscara en el *remake* de 2003 y en *El origen*.

- Para *La matanza de Texas III* se lanzó un *teaser* donde cara de cuero se encontraba en la orilla de un lago y de este surgía una mano dorada sujetando una sierra mecánica. La motosierra salía volando y cara de cuero la cogía al vuelo. Se trataba de un homenaje a una escena de la película *Excalibur*, en la que la famosa espada era devuelta a la dama del lago por Perceval.

- Varias películas de la saga tuvieron en su reparto actores famosos o que estaban a punto de serlo: en la segunda parte Dennis Hopper tenía un papel destacado; la tercera entrega se beneficiaba de la presencia de Viggo Mortensen; Matthew McConaughey y Renée Zellweger protagonizaban la cuarta parte; en la quinta despuntaba una joven Jessica Biel; Alessandra Dadario y Scott Eastwood se dejaban la piel en el séptimo episodio, y Lili Taylor y Stephen Dorff eran de lo poco salvable de *Leatherface*.

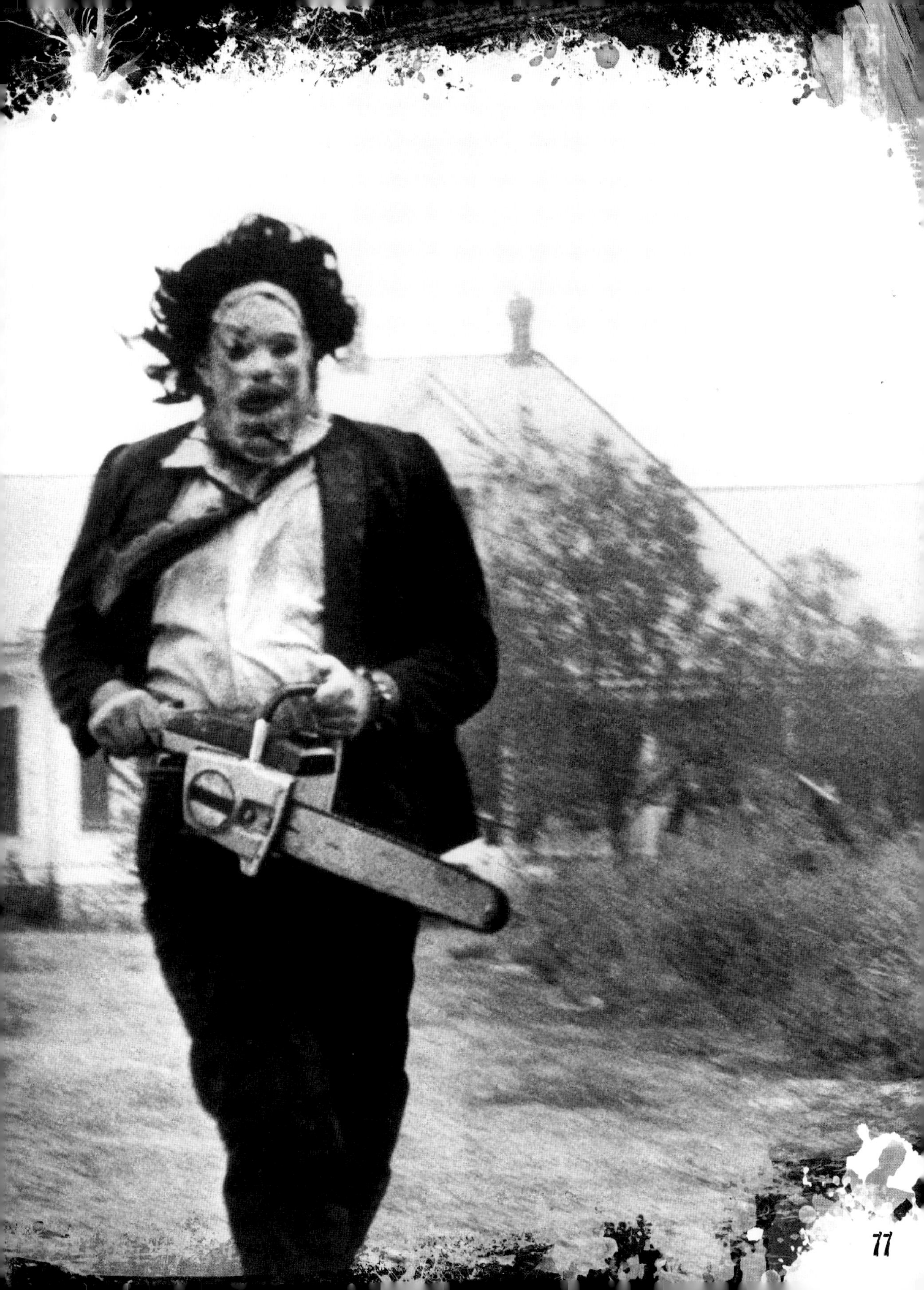

# CASTILLOS Y BOSQUES TENEBROSOS

Los castillos son impresionantes fortalezas que fueron testigo de grandes batallas y asedios. En sus entrañas aún quedan vestigios de las torturas y los crímenes que se cometieron impunemente; de ahí que sean majestuosos por fuera y temibles por dentro. En ocasiones, los castillos se encuentran en lo profundo de algún bosque, esos lugares mágicos y misteriosos que, gracias a los cuentos y las tradiciones populares, sabemos que son habitados por hadas, duendes y lobos disfrazados; pero, más os valdría no olvidar que también hay seres y entidades ancestrales que, por naturaleza, odian al hombre y su capacidad destructiva. Lo que digo no es mentira. La rama de ese árbol se acaba de mover en dirección a nuestra fogata.

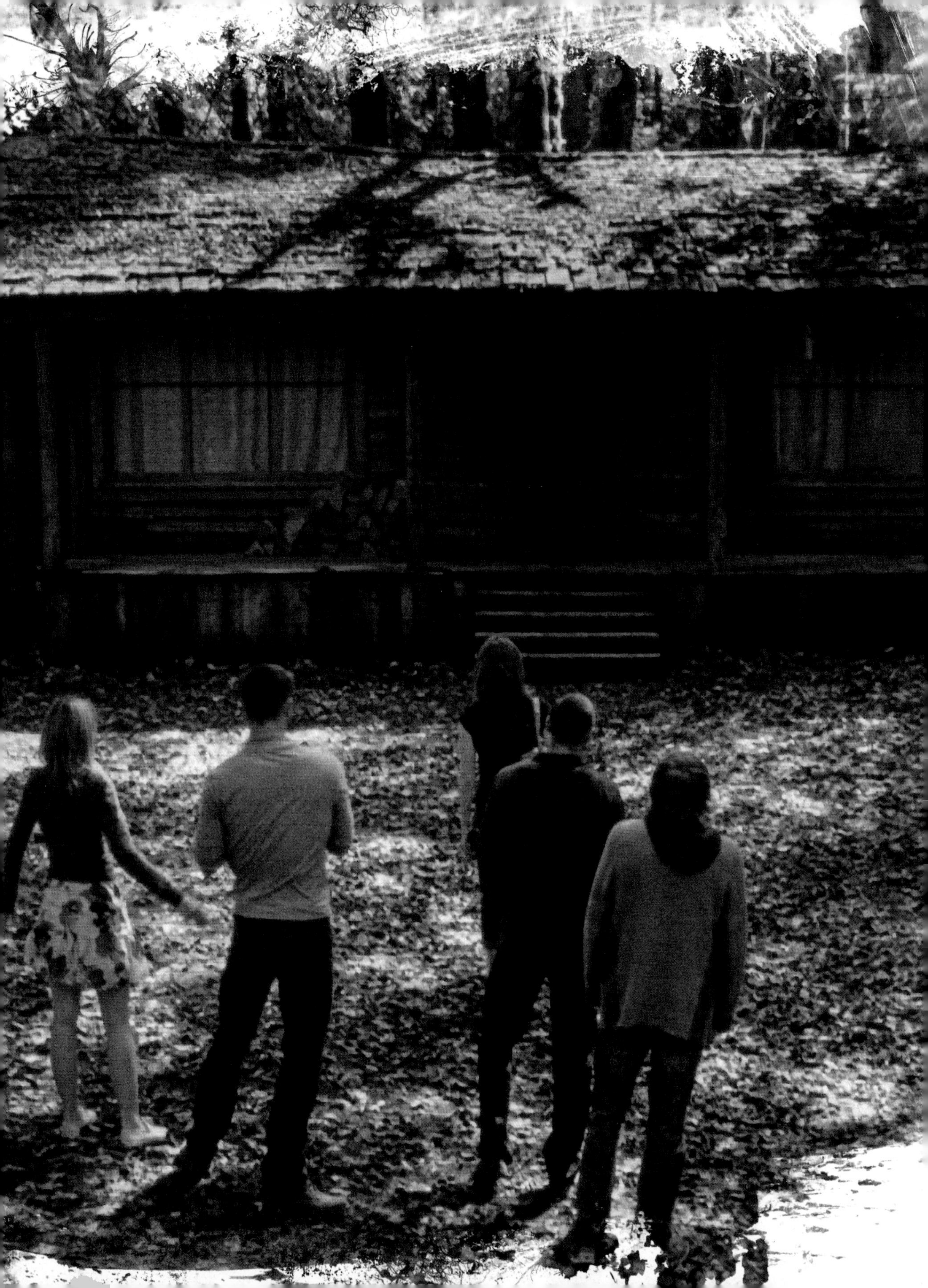

## LA TUMBA DE DRÁCULA

**CÓMIC**

*Tomb of Dracula.* 1972. EE. UU. **Guion:** Marv Wolfman. **Dibujo:** Gene Colan. **Editorial:** Marvel Cómics. **Género:** Terror. Vampiros.

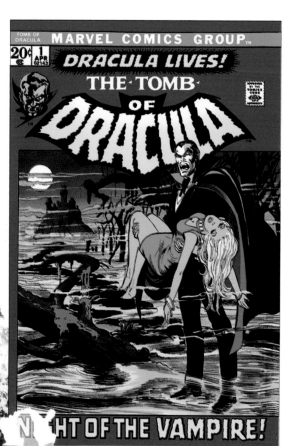

### LA HORA DE DRÁCULA

Frank Drake es un playboy millonario descendiente del conde Drácula que, tras perder su fortuna, decide reclamar la propiedad del antiguo castillo de su familia. Drake y unos amigos viajan hasta Transilvania y se adentran en la fortaleza abandonada, con tal mala suerte que reviven al conde Drácula, que acaba con la vida de la novia de Drake. El apesadumbrado joven jura vengarse del vampiro, y emprende una caza en la que será ayudado por otras personas —y seres— que buscan acabar con el temido chupasangre.

La tumba de Drácula es un cómic atemporal que no ha perdido ni una gota de su sangrienta frescura, fuerza y emoción. Manteniéndose fiel al personaje del libro de Bram Stoker, el cómic se desmarca de la novela para recorrer su propio sendero; un camino de terror, aventuras, amor y traición que es considerado un imprescindible si eres fan de los vampiros.

## SPIDERMAN CONTRA LOS VAMPIROS

Después de que los tebeos de terror en Estados Unidos fueran prohibidos durante muchos años, a principios de los setenta el órgano censor llamado *Comics Code* empezó a perder fuerza, y Marvel Cómics aprovechó esa debilidad para publicar tebeos y revistas relacionadas con las artes marciales y el miedo. Desde hacía tiempo, el mítico Stan Lee pensaba que sería una idea genial introducir a los monstruos más conocidos del cine en el universo Marvel. En 1971 se hacía la primera probatura con Michael Morbius, un vampiro creado por la ciencia que aparecía en un número de *The Amazing Spiderman*, y en 1972 se lanzaba a las librerías *La tumba de Drácula*, ya con la figura inconfundible del vampiro en su portada. Tras unos meses con varios cambios de guionista —y un inevitable cameo de Drácula en un especial del trepamuros—, el guionista Marv Wolfman tomó las riendas de la colección, sumándose al genial dibujante Gene Colan, cuya maestría en el uso de los claro oscuros (se le llamaba el rey de las luces y las sombras) resultó fundamental para lograr la atmósfera ideal de esta gran epopeya. *La tumba de Drácula* se convirtió en un auténtico serial, un culebrón teñido de rojo que mes a mes tuvo en vilo a miles de lectores. La colección principal duraría setenta números, y para entonces, este tebeo ya era uno de los mejores de Marvel Cómics.

Es un Drácula más humano y civilizado, pero no te gustaría cruzarte con él.

THEN, AT THE MOMENT WHEN MIDNIGHT MADNESS IS AT ITS GREATEST, THE DARKNESS TAKES FORM AND SUBSTANCE AND BECOMES A THING OF HELLBORN HORROR.

THIS IS...

# THE TOMB OF DRACULA

## CLÁSICO POR FUERA, MODERNO POR DENTRO

Para crear la imagen del vampiro, Gene Colan «copió» los rasgos del actor Jack Palance, y tomó el aspecto que tuvo en vida Vlad Tepes, sin el pelo largo, pero con bigote y cejas pobladas. La indumentaria del conde tampoco es novedosa, pues conserva la capa forrada de rojo y el lazo que lucía Christopher Lee en la versión de 1958. En cuanto a su personalidad, varía un poco respecto al libro: sigue siendo fiero, astuto y calculador; es un superviviente incapaz de refrenarse ante los seres vivos, aunque, y aquí está la diferencia con otros, en muchos momentos se muestra dialogante, poseedor de cierto sentido del honor y hasta piadoso. Resumiendo, es un Drácula más «humano» y civilizado, pero no te gustaría cruzarte con él.

Si el eje central de la historia es el famoso conde, este cómic no sería tan atractivo sin sus grandes personajes secundarios. Entre el numeroso «reparto», hay que destacar al doctor Quincy Harker, el jefe inválido de los caza vampiros e hijo de Jonathan y Mina Harker, a Rachel Van Helsing, nieta de la némesis del vampiro, a Lilith, hija de Drácula, o a Blade, el vampiro mata chupasangres que se hizo famoso con las películas de Wesley Snipes. A estos habría que sumar las apariciones de otros habituales del género, como hombres lobo, demonios, sectas, vudú o vampiros renegados.

## LA MUERTE FAVORITA DEL GUARDIÁN DE LA CÁMARA

Drácula se encuentra en Nueva York y ataca a un viandante que deambula por una solitaria calle. Una vez le ha chupado la sangre a su víctima le entra un dolor que jamás había sentido. Antes de desmayarse descubre que el hombre al que acaba de matar es un drogadicto que yace junto a una jeringuilla.

# Curiosidades:

- Las buenas ventas de *La tumba de Drácula* darían lugar a otras publicaciones, revistas y miniseries. La más aplaudida de todas ellas es *Dracula Lives* (1973), una revista en blanco y negro que se publicó en paralelo a la serie principal, pero con un toque más adulto, con más sangre e incorporando abundantes dosis de erotismo. La serie contó con autores de la talla de Gerry Conway, John Buscema o Mike Ploog, y transcurría en diferentes épocas de la historia del personaje.

- Aprovechando la popularidad del cómic, en 1974 Marvel se embarcó en una adaptación de la novela original. *Drácula de Bram Stoker* comenzó a publicarse dentro de la revista *Dracula Lives*, pero esta cerró y el final de la historia quedó inacabado hasta que, en 1993, sus autores —Roy Thomas y Dick Giordano— decidieron terminarla y editarla en un único volumen.

- Cosas del destino, Jack Palance interpretó a Drácula un año después de que su imagen sirviera para el vampiro dibujado por Gene Colan. Fue en un telefilme titulado *Drácula* (1973), guionizado por el escritor Richard Matheson y dirigido por Dan Curtis, una de las figuras más importantes del género de los años setenta.

- El final del cómic poco tiene que ver con el de la novela, y el conde regresaría en los años ochenta para enfrentarse a La patrulla-X, para después protagonizar una épica saga que se trasladó a la colección del Doctor extraño, y en la que se puso fin al vampirismo dentro del universo Marvel. Naturalmente, solo fue de forma temporal.

- El Señor de los vampiros vuelve a estar integrado en el universo Marvel, y no hace mucho lo pudimos ver poniendo en apuros a Deadpool en la aventura *Deadpool: Dracula´s Gauntlet*. Y es que el mercenario bocazas estuvo un tiempo casado con Lilith, la hija del vampiro.

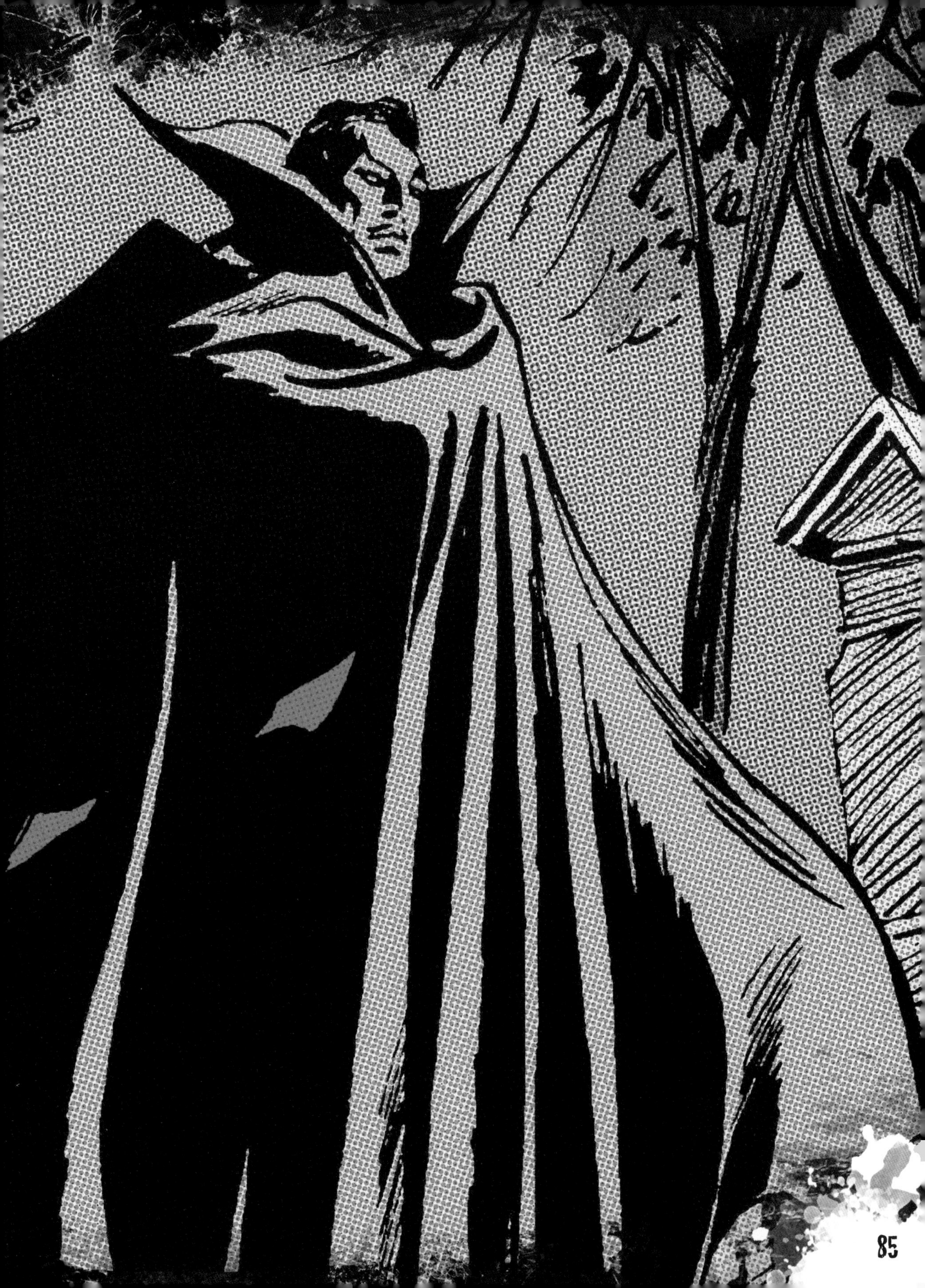

# MUERTE EN UNA CABAÑA DE VANCOUVER

## LA CABAÑA EN EL BOSQUE

**PELÍCULA**

*The Cabin in the Woods.* 2011. EE. UU. **Dirección:** Drew Goddard. **Reparto:** Kristen Connolly, Chris Hemsworth, Fran Kranz. **Género:** Comedia de terror. Ciencia Ficción. 95 min.

### UNA PELÍCULA DE CULTO

Cinco universitarios organizan un fin de semana en una cabaña alejada de la civilización y situada en un frondoso bosque. En el sótano hallan un montón de objetos peculiares, como un vestido de novia, una extraña bola metálica que parece un cubo de Rubik o el diario de los Buckler, una familia que vivió y murió en la cabaña. Una de las chicas lee el contenido del diario y recita un texto en latín que desencadena que los Buckler regresen a la vida convertidos en zombis. Pero no es el único peligro que acecha entre aquellas paredes, ya que hay alguien observando y manipulando los movimientos de los cinco chicos.

En el año 2011 nada hacía pensar que *La cabaña en el bosque* conseguiría la repercusión que tendría posteriormente. La película debía estrenarse en 2010, pero Metro-Goldwin-Mayer quebró y sus autores temieron que nunca viera

la luz. Finalmente, otro estudio le echó el ojo, y la puesta de largo de la película se produjo a finales de 2011 en Estados Unidos, mientras que en países como España o Latinoamérica no se estrenó hasta 2013. Para entonces, el boca a boca era imparable, y lo que parecía iba a ser un desastre a todos los niveles, acabó convirtiéndose en un fenómeno de culto.

## LA SORPRESA DE LO QUE VA DE SIGLO

«Crees que conoces la historia», rezaba el cartel de la película, y pocas veces ha habido una frase promocional más certera. *La cabaña en el bosque* comienza como la típica aventura de jovencitos condenados a morir bajo el signo de una

## LA MUERTE FAVORITA DEL GUARDIÁN DE LA CRIPTA

Una chica es sujetada por un zombi paleto, mientras otros dos cogen una sierra de talar árboles y la rebanan el cuello. Eso es trabajo en equipo.

maldición. Sí, hay algunos pormenores que te hacen pensar que hay más de lo que se ve —y que no contaremos para no revelar demasiado—, pero la sorpresa es mayúscula en una recta final que te hará gritar de emoción, y que es una delicia para los aficionados al cine fantástico. La película tiene alma de *slasher*, pero hay espacio para la comedia, el suspense, el gore, la ciencia ficción, los homenajes a los clásicos…, resumiendo, reúne, en un solo filme, todas las cosas que cualquier fan estaba deseando ver juntas en una sala de cine.

## METALENGUAJE FRIKI

Los padres de la criatura se llaman Drew Goddard y Joss Whedon. Goddard acababa de guionizar la también sorprendente *Monstruoso* (2008), y Whedon —creador de *Buffy*—, saltaría a la fama mundial un año después escribiendo y dirigiendo *Los vengadores,* en la que trabajaría también con Chris «Thor» Hemsworth. «Esta película juega muchísimo con el género —comenta Goddard—, sentí que iba a dirigir cuatro películas por el precio de una.»

Para terminar el guion de *La cabaña en el bosque,* ambos guionistas se encerraron en un hotel durante tres días, y no salieron hasta que estuvo escrita lo que ellos denominaban como «la película de terror definitiva». Este pomposo eslogan atiende a los numerosos guiños a otras películas que hay en la historia, y a que plantea cuestiones que tienen que ver con el propio género de terror. Goddard habla acerca del uso de ese metalenguaje: «Lo cierto es

que esta película analiza el cine de terror, pero ese no era nuestro objetivo. Por encima de ello queríamos examinar quiénes somos y qué parte del terror habita en nosotros, como personas. Si conservas esa idea en la mente todo el tiempo, es más fácil encontrar el equilibrio, porque entonces tu película estará analizando la condición humana y no se preocupará demasiado en "¿qué está diciendo esto concreto sobre el género o sobre tal película?"».

## HOMENAJES Y SECUELA

Sin querer destripar nada del argumento, la película tiene influencias de, entre otras, *Posesión infernal* (1980) y sus secuelas, *La noche de los muertos vivientes* (1968), *Zona restringida* (1988), *Resident Evil* (2002), o *Museo de cera* (1988), con la que coincide en una delirante batalla campal de monstruos contra humanos. Por otro lado, extraña que una obra como *La cabaña en el bosque* no haya tenido una secuela en estos años. En 2015 la productora Lionsgate anunció que iba a comenzar el desarrollo de una segunda parte, pero el proyecto no cuajó. Ya en 2018, Goddard tuvo que salir al paso para confirmar que cualquier avance hacia *La cabaña en el bosque II* estaba paralizado de una forma indefinida. Para sus creadores, no ha habido una historia lo suficientemente buena encima de la mesa para animarlos a rodar una segunda entrega que pueda estar a la altura de la original.

Reúne, en un solo filme, todas las cosas que el fan estaba deseando ver juntas en una sala de cine.

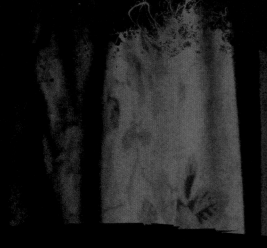

# Curiosidades:

- La cabaña que da título a la película se parece sospechosamente a la de *Posesión infernal*, y el rito en latín que despierta a los muertos es un guiño al famoso Necronomicón que aparecía en el clásico de Sam Raimi.

- El casting de actores fue largo y complejo, ya que Goddard se mostró muy exigente a la hora de buscar exactamente lo que quería. Una de las actrices, la australiana Anna Hutchinson, fue contratada el día antes de que comenzara el rodaje.

- Goddard y Whedon no querían que se filtrara información en internet antes del estreno, así que para la audición con los actores escribieron una serie de escenas falsas. Para unos actores la película iba de un monstruo con tentáculos, para otros de pterodáctilos.

- El actor Fran Kranz interpretaba al friki del grupo, pero resulta que estaba en mejor forma física que el resto de actores masculinos, incluido el futuro Thor. Para preservar el estereotipo, se decidió que fuera el único que no se diera un baño en la secuencia del lago.

- La saga de videojuegos *Left 4 Dead* iba a dedicar un episodio de su saga a adaptar *La cabaña en el bosque*. Una pena que el estudio encargado del proyecto quebrase, y que la idea se quedara en el limbo. En agradecimiento, Goddard incluyó varios zombis «sacados» del videojuego.

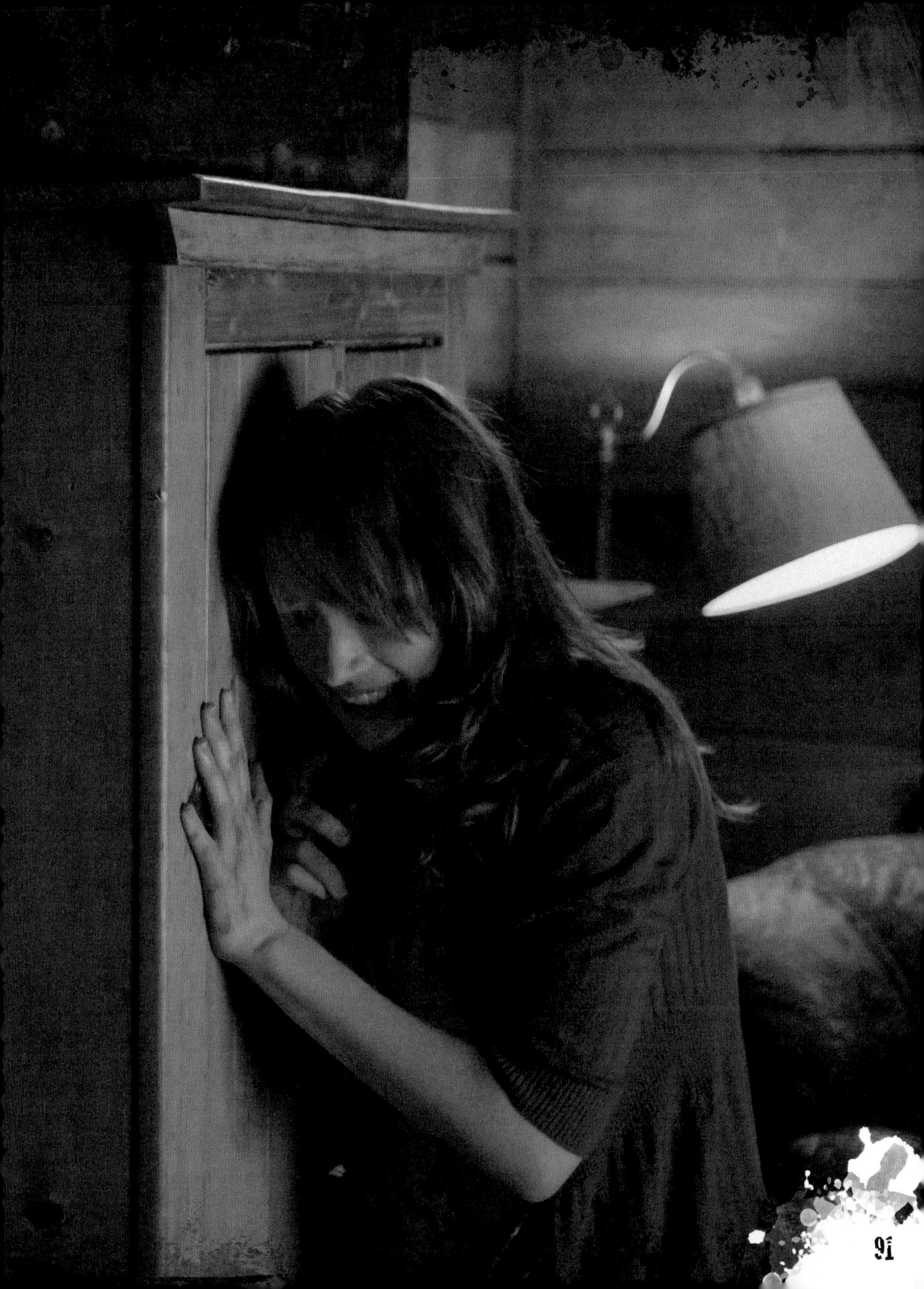

# UN POZO EN EL BOSQUE DE IZU

## THE RING (EL CÍRCULO)

**PELÍCULAS/LIBROS**

*Ringu*. 1998. Japón. **Dirección:** Hideo Nakata. **Reparto:** Nanako Matsushima, Miki Nakatani, Hiroyuki Sanada. **Género:** Terror. Leyendas urbanas. Fantasmas. 94 min.

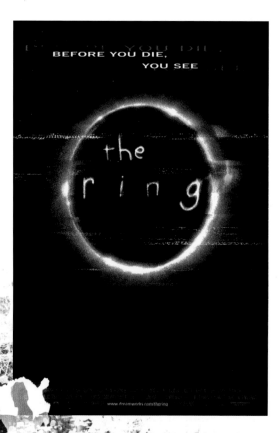

### REBOBINANDO EL MIEDO

Una periodista llamada Reiko intenta esclarecer la misteriosa muerte de Tomoko, su sobrina. Entre las amigas de Tomoko corre el rumor de que la joven pudo ser víctima de una cinta de vídeo maldita; la leyenda asegura que, si ves una de esas cintas, primero recibirás una llamada de teléfono, y una semana después morirás. Durante la investigación, Reiko encuentra la cinta que vio su sobrina, y su contenido transformará su vida en un infierno.

*The Ring* marcó el inicio de una era gloriosa en el cine de terror nipón, y su popularidad traspasó fronteras de tal forma que todavía hoy en día se nota su influencia en el género. Esta película es un ejemplo de que, cuando crees que no volverás a sentir un cosquilleo de inquietud en una sala de cine, el género se renueva y te sorprende una vez más.

## RETRO TERROR

El director japonés Hideo Nakata no inventa nada nuevo para hacernos temblar, todo lo contrario, reconoce que su intención era que su película tuviera un tono «retro»: «Los productores no me dijeron nada en concreto, pero vi cómo se les puso la cara cuando les dije que no habría ninguna muerte violenta y sanguinaria en pantalla, como ocurre en el libro del que está inspirada la película, que es muy explícito». Nakata se refiere a la novela homónima de Koji Suzuki, cuyo éxito dio para una trilogía. El director también bebió del rico folclore nipón y de películas tan dispares, pero tan parecidas, como *Kwaidan* (1964), *La mansión encantada* (1963) o *Suspense* (1961). Todas ellas tienen en común su capacidad para sugerir el terror sin mostrarlo. *The Ring* se lo toma con calma, su ritmo es pausado, no obstante la intriga de lo que acontece es original, la atmósfera envolvente, y la trama te va atrapando sin remisión.

## LA MUERTE FAVORITA DEL GUARDIÁN DE LA CRIPTA

No vemos lo que sorprende a Tomoko antes de morir, pero te invade la inquietud con ese golpe de sonido y su imagen congelada como si fuera una foto en negativo.

## LO QUE EL POZO ESCONDE

De manera consciente, *The Ring* trata del enfrentamiento entre la tradición (lo natural) y la avanzada sociedad japonesa (lo tecnológico): «Lo que más me atraía era enseñar el lado más terrorífico de la naturaleza —explica Nakata—. Por ejemplo, rodé alguna escena en Oshima, que es un sitio bastante inhóspito, que desprende vibraciones muy raras, muy sobrenaturales». Para el espectador occidental que pase de segundas lecturas, lo cierto es que *The Ring* no deja de ser un relato de venganzas donde un ser diabólico, encarnado en una niña llamada Sadako, se introduce en una cinta de vídeo para castigar a quien se atreve a verla. Las imágenes de la cinta maldita no tienen lógica, son surrealistas; esa falta de sentido las hace más inquietantes a nuestros ojos; son como sueños, y queremos saber qué significan, darles un sentido; en la más perturbadora de todas ellas vemos un pozo de piedra en mitad de un bosque. Allí se esconde el secreto de la cinta de vídeo, pero también el de la película. Hay pocas secuencias más estremecedoras en el cine de terror de las últimas décadas que esa que transcurre en la casa del profesor, la que supone la materialización de todo lo que hemos intuido —y temido— durante el metraje. Horror en estado puro.

## LA MODA DE LOS PELOS LARGOS

El director Hideo Nakata rodó una segunda parte a renglón seguido, y la estrenó un año después que la primera. *The Ring II* continúa donde terminó la anterior y repiten varios personajes; ahora seguimos las investigaciones de la alumna del profesor, a la que ayuda un periodista y un policía. La historia deja en un segundo plano la maldición de las cintas para centrarse en la posible posesión del hijo de Reiko a manos de la malvada Sadako. Se trata de una entretenida secuela, con más sustos y un argumento que no se limita a seguir el esquema de la primera. Tiene la pega de que aparecen demasiados personajes, y eso provoca que no se genere la tensión que había en la original. Y luego, claro, el final es complicado que te sorprenda tanto como el de la anterior.

Lo que más me atraía era enseñar el lado más terrorífico de la naturaleza.

El imparable fenómeno de la saga generó precuelas y secuelas japonesas, más un enfrentamiento con Kayako —el fantasma de *La maldición*—, *remakes* americanos, un *remake* coreano y dos series, además de poner de moda las películas de terror con fantasmas de pelo largo. Este tipo de subgénero fue tan copiado —si has visto la película comprenderás la paradoja de este comentario— que la fórmula llegó a caer muchas veces en el más completo ridículo, siendo incluso objeto de mofa, como se puede constatar en las películas de *Scary Movie*. Pero el filón parece no tener fin, y el mismo Nakata volvió a la saga en 2019 para rodar *Sadako*, la segunda precuela de la saga después de *The Ring 0: The Birthday*.

## FANTASMAS DEL CARIBE

De todo este lío de filmes, hay que mencionar dos de las tres películas norteamericanas producidas por DreamWorks. Especialmente interesante es *La señal* (2002), *remake* dirigido por Gore Bervinski, el padre de *Piratas del caribe*. Como no podía ser de otra manera, es un espectáculo visual de primera, lleno

de estremecedores momentos. Lo que la película pierde en sorpresas lo gana en una factura impecable —notable la música y la fotografía—, muchos sobresaltos, mayor ritmo que la original y estupendas interpretaciones de Naomi Watts y Brian Cox. Pocos *remakes* han estado tan cerca de su modelo. Curiosamente, la secuela fue dirigida por Hideo Nakata, y sin ser ninguna maravilla, no defraudará a los seguidores de Sadako. La tercera rodada en Estados Unidos fue *Rings* (2017), y… mejor pasemos página.

# Curiosidades:

- El título de la película se refiere al círculo (o aro) que se ve al principio de la cinta maldita. En realidad, *spoiler,* se refiere a la circunferencia del pozo donde yace Sadako.

- La saga literaria de Koji Suzuki se compuso de tres libros: *El aro* (*Ringu*), *Espiral* (*Rasen*) y *Bucle* (*Rupu*). A estas se sumó *Birthday,* un libro de historias cortas, y dos derivados: *S* y *Tide*. De *El aro* (acá *El círculo*) se rodó una adaptación televisiva en 1995 titulada *Ring: Kazenban,* más fiel a la novela que la primera *The Ring*. *Rasen* fue adaptada como una serie de trece episodios, y se estrenó simultáneamente en 1998 con la película original para que fuese vista como una secuela. La serie fue un fracaso, y *The Ring II* pasó a ser la secuela «oficial».

- Otro *remake* fiel a la novela es el filme coreano *The Ring Virus* (1999), pese a que se sustituye a Sadako por un ¡Asesino hermafrodita!

- En 1999 se estrenó la segunda serie: *The Ring: The Final Chapter* (1999). Constaba de doce episodios y narraba el final de la saga.

- Para los amantes de los videojuegos se sacaron dos títulos relacionados con la franquicia. El primero fue *The Ring: Terror´s Realm* (2000), para Dreamcast y con un estilo a lo *Resident Evil*. Y el otro, *Ring: Infinity* (2000), lo desarrolló la compañía Megas para la consola portátil WonderSwan. Se trataba de una peculiar novela visual basada en la película.

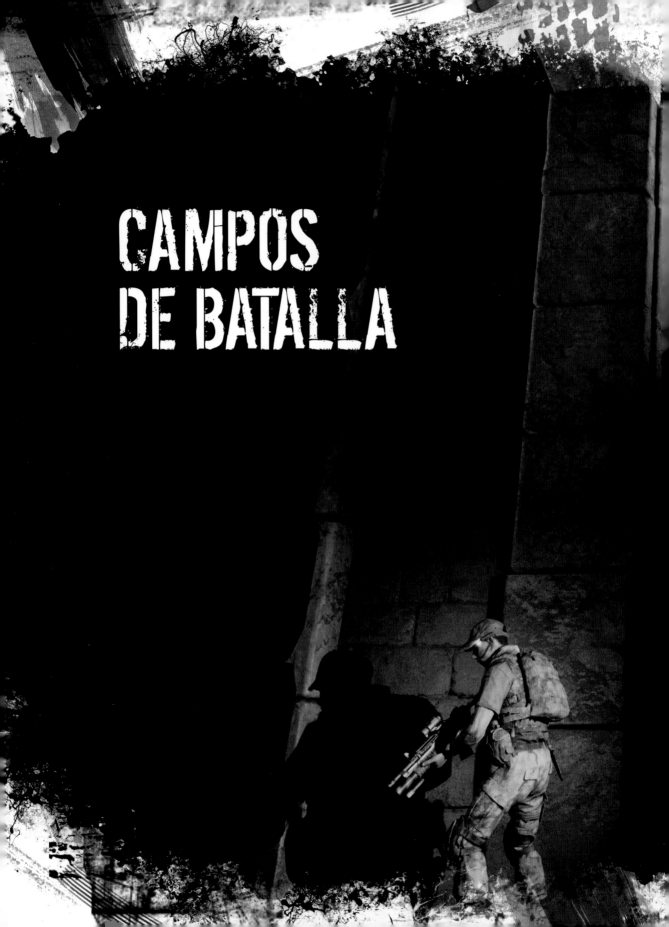

# CAMPOS DE BATALLA

Cuentan los lugareños que viven cerca
de sitios donde se produjeron grandes
batallas, que por las noches se escuchan
el sonido de los cañones y los cascos de
los caballos. Algunos aseguran que hay
campos donde hay un fuerte olor a pólvora,
y dicen que en Stalingrado los fantasmas
todavía combaten durante las nevadas.

# ECOS DE LA GUERRA DE VIETNAM

## CRIMEN EN LA NOCHE

**PELÍCULA**

*Dead of Night/Deathdream.* 1972. EE. UU. **Dirección:** Bob Clark. **Reparto:** John Marley, Lynn Carlin, Richard Backus. **Género:** Terror. Drama. 88 min.

### REGRESO DEL INFIERNO

Andy es un chico muy querido por su madre. Todos los días, la mujer desea con fervor que su hijo vuelva de esa horrible guerra que se libra en Vietnam. Ocurre que Andy recibe un balazo y muere en la selva. La familia recibe la noticia, pero la madre no se la cree. Y, en efecto, a los pocos días Andy regresa a casa. Pero algo ha cambiado en él, se ha vuelto más callado e introspectivo, su cuerpo está frío y sus hábitos alimenticios ahora pasan por la carne cruda.

Crimen en la noche es una de esas películas que no olvidas fácilmente. Posee el encanto de las series B de los setenta, con una atmósfera oscura y conatos de violencia salvaje verdaderamente estremecedores. El rostro y los ojos de Andy son el reflejo de lo desconocido, de lo insondable, de lo que viene del más allá para arrancarte la vida.

## EL DESEO DE UNA MADRE

Como ocurría en los cuentos de *Las mil y una noches,* los deseos pueden hacerse realidad, aunque en la mayoría de los casos terminan por convertirse en pesadillas. *Crimen en la noche* se inspira en el genial relato *La pata del mono* (1902), de W. W. Jacobs, en el que un matrimonio recibía un amuleto capaz de conceder tres deseos; tras comprobar que dicho objeto funcionaba, la madre devolvía la vida a su hijo muerto para horror del padre. En la película no hay ningún amuleto de por medio, sino el simple deseo de una madre llamando a su hijo, que se nos muestra en una primera secuencia que provoca escalofríos. Un gran acierto de la película se produce cuando, a pesar del extraño comportamiento de Andy, la madre no quiere darse cuenta de que eso que ha vuelto de la guerra no es su hijo, sino un ser malvado y sediento de sangre.

## LA MUERTE FAVORITA DEL GUARDIÁN DE LA CRIPTA

No es ni mucho menos la muerte más grotesca del filme, pero el momento en el que Andy estrangula a un perro delante de unos niños pequeños te quita el hipo.

## ANTIBELICISMO

Andy es una mezcla entre un vampiro y un zombi. No tiene colmillos, y aunque se nutre de la sangre de sus víctimas, su aspecto se va demacrando, se le empieza a caer la piel y sus ojos se tornan amarillos. Los efectos de maquillaje son esplendidos, obra del mago Tom Savini, y las escenas de asesinatos gráficas y cortantes.

*Crimen en la noche* es mucho más que una competente película de terror, es un perfecto ejemplo de cine antibelicista, una parábola sobre las consecuencias de la guerra y los efectos que tiene esta sobre los soldados. Siempre se restó importancia sobre los efectos psicológicos que los conflictos bélicos producían en las combatientes, y no se realizaron estudios a fondo sobre el tema hasta que no se detectaron gran cantidad de casos de violencia y traumas en los soldados que regresaban de Vietnam, a mediados de los años setenta. En 1980 este tipo de trastornos fue tipificado como trastorno de estrés postraumático. El guion de Alan Ormsby es ejemplar a este respecto, y el macabro final es una metáfora más del horror y la sinrazón que provoca cualquier guerra.

> Es un perfecto ejemplo de cine antibelicista, una parábola sobre las consecuencias de la guerra y los efectos que tiene esta sobre los soldados.

# Curiosidades:

- La película se rodó en 1972 pero no se estrenó hasta 1974. Obtuvo dos premios al mejor guion: en el Festival de Sitges y en el Festival de cine de terror de París, ambos en 1975.
- Bob Clark y su equipo rodaron *Crimen en la noche* de forma consecutiva con *Los niños no deberían jugar con cosas muertas* (1972), que está considerada como la ópera prima del director. Ambas películas fueron filmadas en Florida con parte del mismo reparto.
- Richard Backus fue seleccionado para el papel de Andy porque era capaz de mantener una mirada silenciosa de intenso odio hacia el resto de los actores. La expresión facial de Backus dio mucho juego durante la película.
- Varios fragmentos de la banda sonora de Carl Zitter se ampliaron y reutilizaron para *Navidades negras* (1974), tercera película de Clark y una de las cintas pioneras del subgénero *slasher*.
- En los años ochenta, Clark cambió el terror por la comedia gamberra, y dirigió las dos primeras partes de *Porky´s*, famosa saga de películas para adolescentes.

# UN TEMPLO MESOPOTÁMICO EN IRAK

## THE DARK PICTURES: HOUSE OF ASHES

**VIDEOJUEGO**

*The Dark Pictures Anthology: House of Ashes.* 2021. EE. UU. **Diseñador:** Supermassive Games. Director: Will Doyle. **Compañía:** Supermassive Games. **Género:** Horror de supervivencia. **Plataformas:** Playstation 4 y 5; PC; Xbox One y Series S y X.

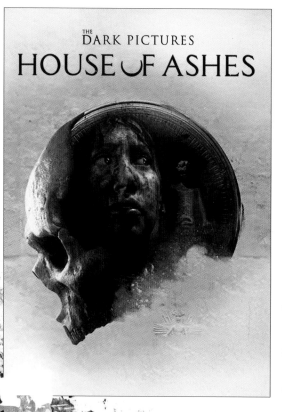

### ARMAS DE DESTRUCCIÓN SANGRIENTA

Irak, 2003: mientras un grupo de las Fuerzas Especiales norteamericanas buscan un almacén de armas químicas que, supuestamente, oculta Sadam Hussein, caen en una emboscada y quedan atrapados bajo tierra en un templo sumerio. Un soldado iraquí y los cuatro supervivientes estadounidenses exploran el lugar, y descubren que una expedición científica fue asesinada allí mismo décadas antes, víctimas de unos monstruos que llevaban habitando el templo durante miles de años. Ahora las criaturas vuelven a salir de las sombras para perseguir a los cinco soldados, cuya única esperanza es hallar una forma de comprender lo que ocurrió en el pasado para salvar sus vidas en el presente.

Tercera parte de la serie The Dark Pictures Anthology, *House of Ashes* significa un pequeño

paso adelante en los videojuegos de horror interactivo, y es la más vibrante y entretenida de las creaciones diseñadas por Supermassive Games hasta la fecha. ¿Preparados para descender a los infiernos?

## PROS Y CONTRAS

En este juego manejaremos hasta cinco personajes —cuatro masculinos y uno femenino—, que se irán alternando para que todos ellos puedan interaccionar entre sí. Cada elección que se hace puede alterar el resultado de la historia. Unas decisiones se toman durante los diálogos con los demás personajes, y otras cuando se tiene que elegir entre dos situaciones, normalmente embarazosas. A lo largo de la historia hay secretos que ayudan a conseguir información, e imágenes premonitorias con las que se puede salvar el pellejo a uno de los tuyos.

## LA MUERTE FAVORITA DEL GUARDIÁN DE LA CÁMARA

Un mando iraquí es atacado por una de las criaturas e intenta huir, pero es rodeado por varios seres y devorado hasta morir.

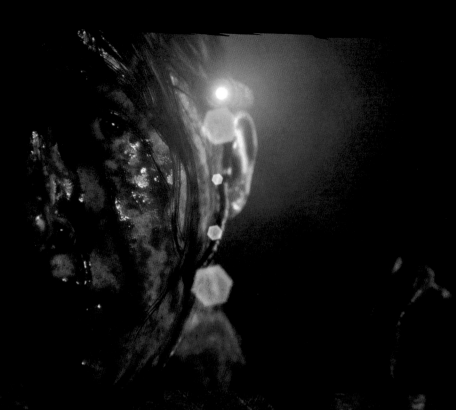

*House of Ashes* no revoluciona el mundo de las aventuras interactivas, pero añade algunas mejoras con respecto a las dos anteriores entregas. La primera tiene que ver con los *quick time event* (eventos en tiempo rápido), donde se ponen a prueba los reflejos del jugador obligando a pulsar un botón para resolver un apuro. La novedad es que se puede variar el grado de dificultad de los eventos, lo que ofrece más oportunidades de triunfar a los menos acostumbrados a los videojuegos.

Otro de los cambios afecta al punto de vista; se puede controlar la cámara 360 grados alrededor del personaje. Esto proporciona un mayor campo de visión, pero elimina el componente cinematográfico que existía cuando la cámara elegía los planos al movernos, y en ocasiones los giros son algo torpes.

# SUMERIA MOLA

Uno de los puntos fuertes del juego es la recreación del templo sumerio. Las grandes y polvorientas salas se alternan con angostos pasillos espléndidamente iluminados con luz de antorchas o linternas. Un notable también para el apartado de sonido: ruidos lejanos y ecos aumentan la sensación de enormidad y amenaza de las cavernas que alojan las ruinas mesopotámicas.

El argumento va al corazón de la historia tras una presentación de personajes modélica, donde enseguida sabemos de qué pie cojea cada uno. Hay mucha acción incluso antes de entrar en el templo —no es un juego de disparos, pero hay bastantes—, y ya bajo tierra el suspense y las luchas encarnizadas no cesan hasta el clímax. Como ocurría en los otros juegos de Supermassive Games, *House of Ashes* te pone a prueba ética y moralmente con algunas elecciones controvertidas que dan profundidad a los personajes. A medida que llega el desenlace, sabrás si tus decisiones fueron las correctas o si estás condenado o condenada al fracaso. Además, el juego guarda algunas revelaciones importantes que le dan un plus muy atractivo, incluida una grata sorpresa final que homenajea a una de las grandes cintas del terror y la ciencia-ficción.

*House of Ashes te pone a prueba ética y moralmente con algunas elecciones controvertidas que dan profundidad a los personajes.*

# Curiosidades:

- *House of Ashes* comienza con una atrapante y sangrienta escena en la antigua sumeria, y el argumento habla de supersticiones, sacrificios y otros misterios que rodeaban a una de las civilizaciones más apasionantes de la Historia.
- Hay cuatro modos de juego: la partida en solitario normal, la opción «no juegues a solas», en la que pueden jugar hasta cinco personas *offline,* «noche de pelis», donde cada jugador adopta un rol fijo, y un modo *online* para dos personas.
- La duración del juego oscila entre las cuatro y las cinco horas, la media habitual de las producciones de Supermassive Games. No son partidas largas, pero es una historia muy rejugable gracias a los múltiples cambios que originan nuestras decisiones.
- El grupo de personajes que manejaremos son: la decidida oficial de la CIA Rachel King, su expareja —y un poco sobrado— coronel Eric King, el pragmático marine Jason Kolchek y su fiel compañero Nick, actual amante de Rachel. A este cuarteto se une el soldado iraquí Salim Othman, un tipo honorable que solo piensa en regresar con su hijo.
- Una vez terminada la campaña, se puede acceder a un DLC titulado *Curator´s Cut.* En realidad es la misma aventura, solo que suma nuevas escenas jugables desde la perspectiva de otros personajes, y ofrece al jugador nuevas opciones y elecciones a tomar.

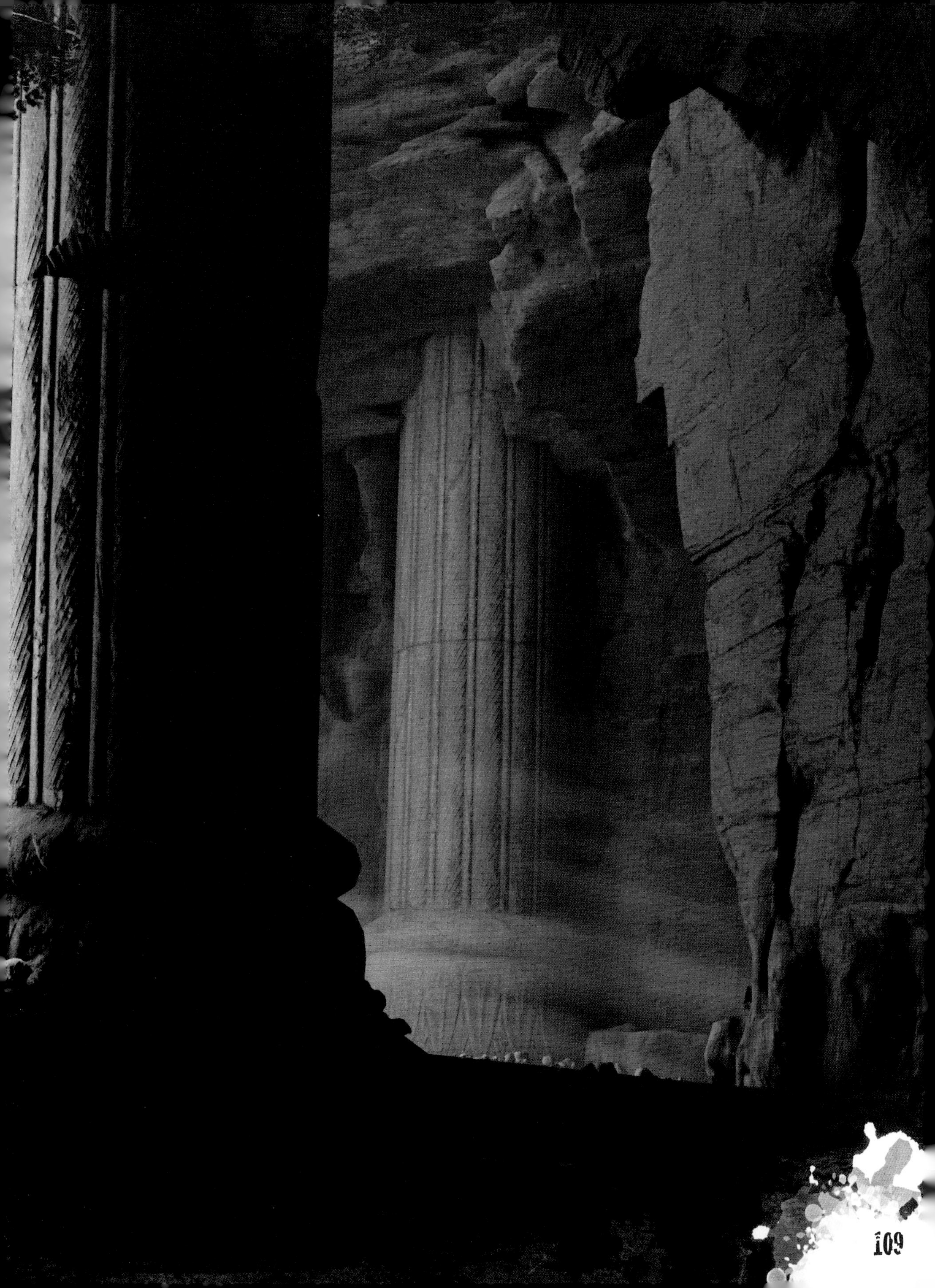

# CAMPAMENTOS SANGRIENTOS

En apariencia, los campamentos
de verano son lugares de ocio y
juegos donde niños y adolescentes
se divierten mientras aprenden.
Pero cuando llega la noche y la
luna se refleja en las ventanas de
las cabañas, los miedos atávicos
surcan las pesadillas infantiles,
las sombras se hacen más alargadas,
y se pueden escuchar los lamentos
del niño que hace unos años se ahogó
en el fondo de un lago cercano.

## VIERNES 13

**PELÍCULAS/SERIE/CÓMIC/VIDEOJUEGO**

*Friday the 13th.* 1980. EE. UU. **Dirección:** Sean S. Cunningham. **Reparto:** Betsy Palmer, Adrienne King, Harry Crosby. **Género:** Terror. Slasher. Gore. 95 min.

### BIENVENIDOS A CRYSTAL LAKE

Cuenta la leyenda que, en 1957, un niño llamado Jason Woorhees murió ahogado en el lago del campamento Crystal Lake. Jason padecía hidrocefalia, y ni siquiera la sombra protectora de Pamela, su madre, impidió que el chico fuera objeto de constantes burlas por parte de los demás niños. Durante uno de esos acosos, Jason cayó al lago y no pudo salir. Pamela enloqueció, y un año después asesinó a dos monitores a los que culpaba de la muerte de su hijo. A partir de entonces, el lugar pasó a ser conocido como «el campamento sangriento» y, tras varios lustros cerrado, en 1979 se volvieron a abrir sus puertas. Una nueva masacre estaba a punto de dar comienzo.

Cuando se estrenó en 1980, nadie podía augurar que *Viernes 13* conseguiría un éxito que la convertiría en una de las mayores franquicias del cine de terror, con diez películas, un relanzamiento, un cruce con Freddy Krueger, cómics, novelas y videojuegos.

Desde luego, el día que Jason surgió del lago, lo hizo para quedarse entre nosotros.

# EL SLASHER DEFINITIVO

La película pertenece a la era dorada del *slasher* (*slash* significa puñalada en inglés), un subgénero que nació en los años sesenta con filmes como *Psicosis* (1960) o *Blood Feast* (1963), y que se fue consolidando en los setenta (*Bahía de sangre, Navidades negras, La matanza de Texas*) hasta convertirse en un fenómeno mundial con obras del calibre de *La noche de Halloween* (1978), *Prom Night* (1980), o *Pesadilla en Elm Street* (1984).

*Viernes 13* recoge todos los tópicos de este tipo de películas: tenemos a un asesino —casi siempre enmascarado o que oculta su identidad— con deseos de vengarse de quienes le humillaron o dieron por muerto. Sus víctimas son un grupo de jóvenes monitores que solo piensan en beber y practicar sexo —algo que molesta especialmente al psicópata de turno, que siempre mata a los que realizan el acto amoroso—, y su forma de asesinar suele ser creativa y usando todo tipo de armas y utensilios. Si por algo destacan los *slasher* es por la brutalidad de sus muertes, muy sangrientas y gore. En *Viernes 13* los grandes efectos de maquillaje del maestro Tom Savini consiguieron que lo que parecía una modesta serie B se convirtiera en

Los grandes efectos de maquillaje del maestro Tom Savini consiguieron que lo que parecía una modesta serie B se convirtiera en un título de culto.

un título de culto y uno de los máximos exponentes de este subgénero. El último elemento habitual del *slasher* que recoge *Viernes 13* es la «chica final» o *final girl*. Como indica su nombre, se trata de la única víctima que sobrevive a la matanza, para acabar mostrándose más inteligente y decidida que su perseguidor. Tras un largo juego al gato y al ratón, a menudo la chica resulta vencedora… pero no siempre.

## EL FINAL ES EL PRINCIPIO

En palabras de su director, Sean S. Cunningham, *Viernes 13* es «una montaña rusa, una clase de "casa de los horrores" que te hará saltar del asiento». Por eso no hay que engañarse, pues estamos ante un entretenimiento dirigido al público juvenil que no tiene la calidad cinematográfica de producciones como *La matanza de Texas* o *La noche de Halloween*, algo que se nota en unos diálogos poco trabajados y en unas actuaciones tirando a mediocres; sin embargo, es una de esas películas generacionales con mucho encanto y muertes muy conseguidas: hay hachazos, víctimas atravesadas por flechas y truculencias de todo tipo. Además, el desenlace traía consigo dos estimulantes sorpresas, y una de ellas abrió la posibilidad de que se rodase una segunda entrega.

En *Viernes 13. 2ª parte* (1981), Jason toma el protagonismo de la saga, aunque habría que esperar a la tercera parte para que su icónica imagen quedase completa. La secuela ofrece más de lo mismo —muertes salvajes y personajes con escasas neuronas—, con algunas mejoras —sobre todo en el apartado interpretativo—, y un cambio fundamental: Jason pasa de ser un asesino convencional a transformarse en una leyenda. La segunda parte fue dirigida por Steve Miner —que repetiría en la tercera— y producida por un primerizo Frank Mancuso Jr., que a partir de entonces se convertiría en el «padre» de Jason.

## LA MUERTE FAVORITA DE LA VIEJA BRUJA

En *Viernes 13. 3ª parte,* un chico que va haciendo el pino se topa con Jason. El asesino asesta un machetazo bestial en la entrepierna de la víctima. Duele solo de pensarlo.

## Y JASON COGIó SU MASCARA

Mancuso hizo maravillas con el escaso presupuesto que tenía a su disposición; logró que la tercera y cuarta parte fueran las más exitosas a nivel financiero y dos de las más valoradas por los fans. *Viernes 13. 3ª parte* (1982) fue rodada en 3D, y en ella, por fin, Jason se hace con la máscara de hockey que lo encumbraría a los altares del género. A pesar de algunas variaciones —la banda de matones, o la aparición de un niño de raza negra—, esta tercera parte repite el esquema de las anteriores y se hace un pelín repetitiva. Eso no quita para que cuente con un Jason desatado, cometiendo brutales crímenes y dejando la sensación de ser prácticamente indestructible. Cuando la saga comenzaba a dar síntomas de agotamiento, llegó *Viernes 13. 4ª parte: Último capítulo* (1984), el que prometía ser el final del personaje. La principal novedad fue introducir a Tommy Jarvis, un tímido niño aficionado al terror con ciertos parecidos a Jason cuando era pequeño. Esta cuarta parte tiene buen ritmo, una correcta ristra de asesinatos y momentos de gran tensión. Hubiera sido un digno cierre para Jason, pero los productores ansiaban más, y Mancuso explica lo que ocurrió a continuación: «Alcanzamos la quinta entrega, y hubo una facción del público que dijo: "Bueno, hicieron *El capítulo final* y ahora están haciendo *Un nuevo comienzo,* esto se va alargar para siempre". Ellos empezaron, hasta cierto punto, a perder el interés». Y, así fue.

## DE VISITA POR MANHATTAN

Incluso en pleno declive, Jason contaba con un núcleo de fanáticos que no quisieron perderse *Viernes 13. 5ª parte: Un nuevo comienzo* (1985). Tras la pavorosa resolución de la cuarta parte, seguimos los pasos de un Tommy Jarvis ya adolescente, pero todavía atormentado por la figura de Jason. Una serie de asesinatos en el correccional donde se aloja le hará sospechar que el psicópata ha vuelto de la tumba. No se puede negar que esta parte de *Viernes 13* al menos intenta contar algo nuevo, pero muchos seguidores no entendieron —o no les gustó—, el tratamiento que se dio al «nuevo» Jason. Para satisfacer a los incondicionales de la saga, el hijo de Pamela y Elias Woorhess regresó en la sexta entrega, *Viernes 13. 6ª parte: Jason vive* (1986), un divertido tebeo en fotogramas cargado de acción y asesinatos que nos devolvió a un Jason convertido definitivamente en un monstruo imparable. Su degradación física se acentuó en *Viernes 13. 7ª parte: Sangre nueva* (1988); ya con un aspecto de zombi, Jason se enfrenta a una chica con poderes telequinéticos al estilo *Carrie*. Tiene sus momentos, pero se echa en falta el humor de la anterior, y la dirección de John Carl Buechler es bastante deficiente. Está considerada como de lo peorcito de la saga. Un año después, Jason se muda a Nueva York en *Viernes 13. 8ª parte: Jason vuelve… para siempre*. Pese a que el guion hace aguas por todos lados, es un pasatiempo que no defrauda, con momentos irónicos —Jason asombrado ante un cartel publicitario en el que aparece una máscara de hockey—, y secuencias simpáticas, como la pelea con el «boxeador» o la muerte del rockero.

# DISPARATES FINALES

La cosa se puso surrealista con la novena entrega, *Viernes 13: Jason se va al infierno* (1993). La película comienza con Jason siendo volado en pedazos por el ejército, pero el mal que habita en su interior se mantiene con vida y es capaz de poseer a otros seres humanos para continuar matando. Sin duda, el punto más bajo del personaje, con un Jason que cada vez más parecido al muñeco de los neumáticos Michelin.

La décima parte se hizo de rogar, pero no cambió la tendencia hacia lo excéntrico: *Jason X* (2001), traslada la acción al futuro, donde nuestro eterno psicópata —que lleva criogenizado más de 400 años— despierta para cargarse a la tripulación de una nave espacial. La película es un sinsentido con varios aportes originales —sale un Crystal Lake holográfico—, una pizca de humor, muertes muy gráficas, y un Jason que, gracias a unos nanobots, se transforma en Uber-Jason, un monstruo mejorado. En 2003 se estrenó el esperado cruce con Freddy Krueger: *Freddy contra Jason* era una cinta hiperactiva y exagerada que no aportó nada nuevo a ninguno de los dos personajes.

Años más tarde se intentó relanzar la franquicia poniendo al mando a Marcus Nispel, encargado de insuflar vida nueva a otra saga legendaria como *La matanza de Texas* (2003). *Viernes 13* (2009) resultó aburrida y tópica, y el fracaso de crítica y público provocó la cancelación de una posible secuela.

## DE LA SERIE AL CÓMIC

Aprovechando el tirón del personaje, en 1987 Frank Mancuso Jr. cambió el nombre de una serie que estaba a punto de estrenar en televisión (llamada *The 13th hour, La hora 13*), por el de *Friday the 13th: The Series (Viernes 13: La serie)*. Esta recomendable producción canadiense que duró tres temporadas —y que fue cancelada de forma abrupta— no tuvo ninguna relación con Jason, y su argumento consistía en una especie de caza del tesoro de objetos malditos salidos de una tienda de antigüedades.

La franquicia de Jason también llegó al mundo del cómic, con varias miniseries y especiales publicados a partir de 2005. Los más destacables son: *Friday the 13th* (2006), *Friday the 13th: Pamela´s Tale* (2007), y *Friday the 13th: How I Spent my Summer Vacation* (2007). Estas tres historias y otras, fueron publicadas en dos tomos por Planeta Agostini bajo el título de *Viernes 13*. También hubo cruces con otras franquicias, pero ninguna ha sido editada en español: *Jason contra Cara de cuero, Jason contra Jason X*, o *Freddy contra Jason contra Ash*.

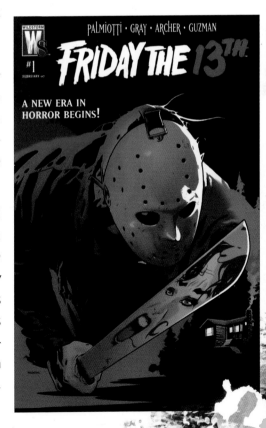

## JUGANDO A SER JASON

Cuando en 2017 salió a la venta *Friday the 13th: The Game*, nadie le prestó mucha atención. Era un juego muy fiel a las películas —con cantidad de homenajes, recreaciones de asesinatos de los filmes—, pero no tenía modo para un jugador, sus gráficos eran pobres y estaba lleno de errores (o *bugs*). En cambio, su sistema de multijugador asimétrico —donde las reglas del juego cambian dependiendo del bando que elijas—, resultaba apasionante, ya que podías manejar a Jason o ser una de las víctimas que debe sobrevivir a sus ataques. Con el tiempo, más y más usuarios se fueron sumando al modo multijugador, mientras la compañía desarrolladora IllFonic pulía fallos y añadía bastante contenido adicional. Ahora, el juego tiene una gran masa de seguidores, y la última versión, *Friday the 13th: The Game – Ultimate Slasher Edition* (2019), incluye un modo para un jugador, nuevas animaciones de los asesinatos de Jason, mucho contenido descargable y un modo ampliado de su cabina virtual, con todo tipo de material referente al personaje y a la franquicia. Una verdadera delicia sangrienta e imprescindible para los fans de la saga, aunque no te gusten los videojuegos.

Otra opción de manejar a Jason en un dispositivo digital es jugar al DLC de *Mortal Kombat X* dedicado al personaje.

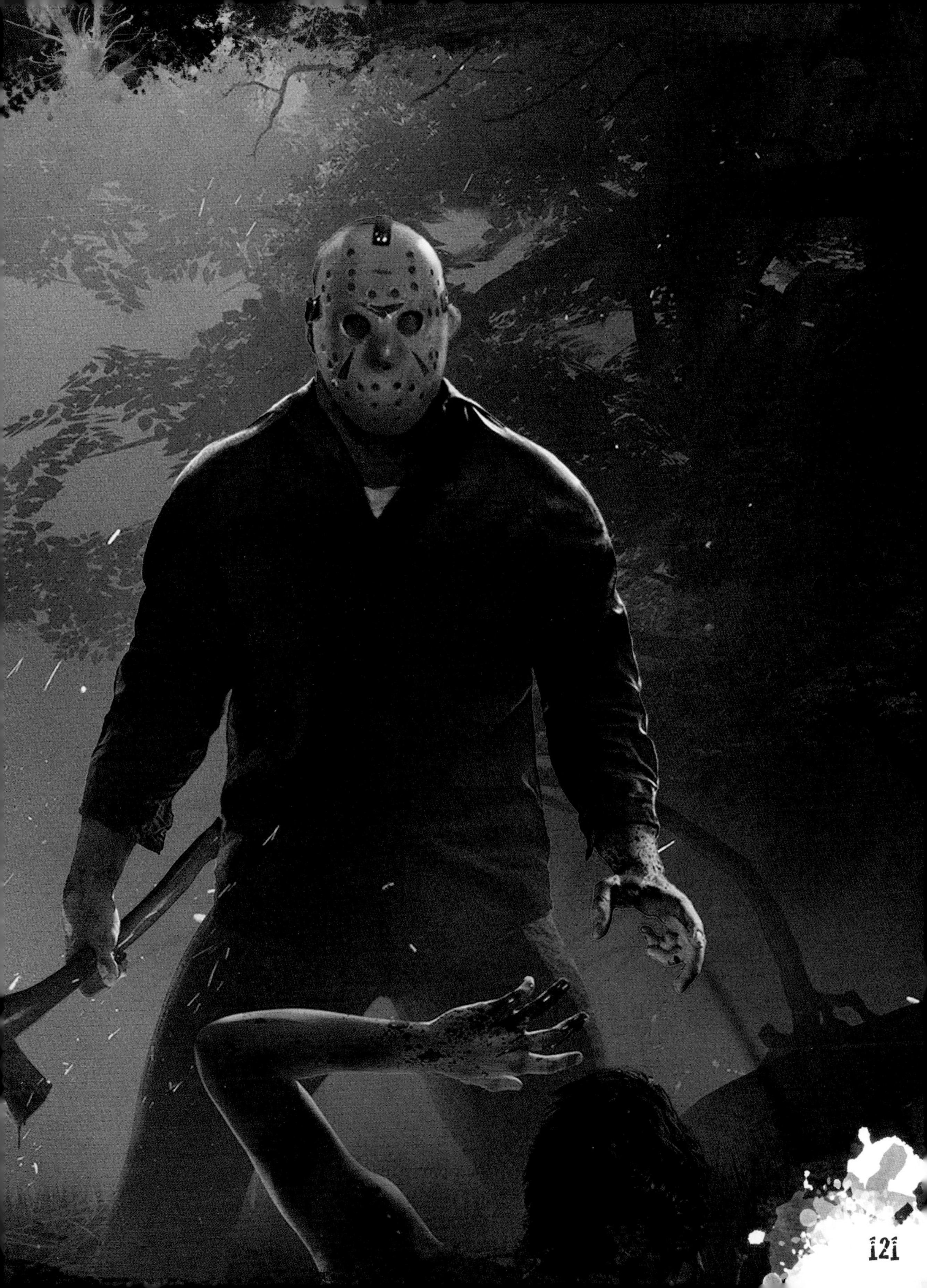

# Curiosidades:

- La película original quiso seguir la estela de *La noche de Halloween*, de ahí que el productor y director Sean S. Cunningham eligiera un título con otra fecha significativa del calendario estadounidense. Con solo la idea en su cabeza, Cunningham se atrevió a poner un anuncio en la revista *Variety* que decía: «Del productor de *La última casa a la izquierda: Viernes 13,* la película más aterradora que jamás se ha hecho».

- Después de las primeras entregas, varias asociaciones conservadoras protestaron por la permisividad que la MPAA —el sistema de calificación por edades en Estados Unidos— tenía respecto a la violencia que había en las películas de *Viernes 13*. Este órgano «obligó» a Paramount y a los productores a rebajar los litros de sangre y el gore a partir de *Viernes 13. 6ª parte: Jason vive* (1986).

- Existen un par de documentales muy aconsejables para los seguidores: *Su nombre fue Jason: 30 años de Viernes 13* (2009), es un interesante telefilme sobre el mítico personaje, y *Crystal Lake Memories: The Complete History of Friday the 13th* (2013), resulta un impresionante trabajo con una duración de siete horas.

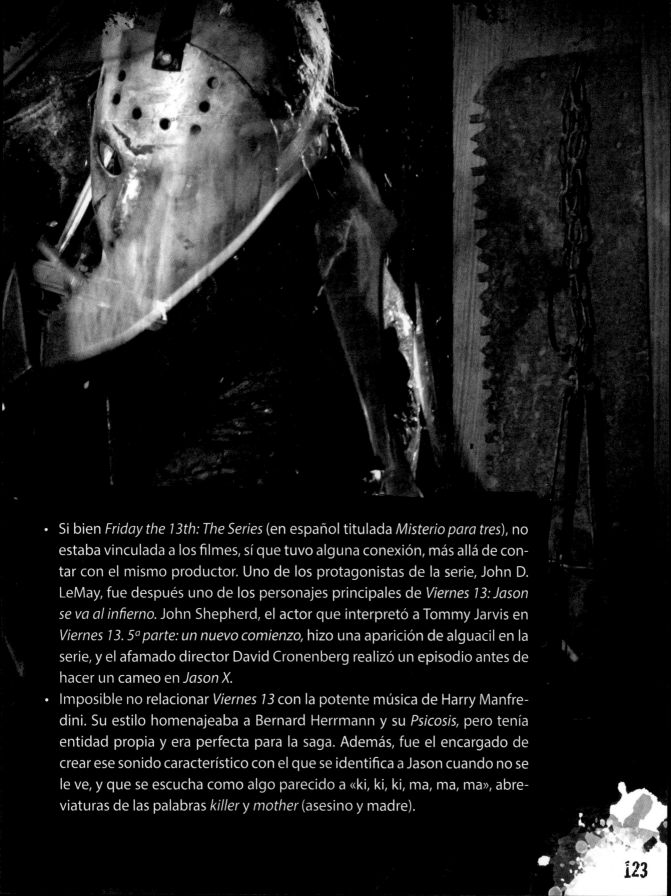

- Si bien *Friday the 13th: The Series* (en español titulada *Misterio para tres*), no estaba vinculada a los filmes, sí que tuvo alguna conexión, más allá de contar con el mismo productor. Uno de los protagonistas de la serie, John D. LeMay, fue después uno de los personajes principales de *Viernes 13: Jason se va al infierno*. John Shepherd, el actor que interpretó a Tommy Jarvis en *Viernes 13. 5ª parte: un nuevo comienzo,* hizo una aparición de alguacil en la serie, y el afamado director David Cronenberg realizó un episodio antes de hacer un cameo en *Jason X*.

- Imposible no relacionar *Viernes 13* con la potente música de Harry Manfredini. Su estilo homenajeaba a Bernard Herrmann y su *Psicosis,* pero tenía entidad propia y era perfecta para la saga. Además, fue el encargado de crear ese sonido característico con el que se identifica a Jason cuando no se le ve, y que se escucha como algo parecido a «ki, ki, ki, ma, ma, ma», abreviaturas de las palabras *killer* y *mother* (asesino y madre).

# BAÑO DE SANGRE EN EL CAMPAMENTO REDWOOD

## AMERICAN HORROR STORY: 1984 (Temporada 9)

**SERIE**

*American Horror Story: 1984.* 2019. EE. UU. **Creadores:** Ryan Murphy, Brad Falchuk. **Reparto:** Emma Roberts, Billie Lourd, John Carroll Lynch. **Género:** Terror. Slasher. Gore. **Plataforma:** FX.

### VUELVE LA SÚPER POP

Año 1984: una panda de amigos decide trabajar durante el verano en Redwood, un campamento para niños donde años antes se produjo una masacre. El autor de aquella matanza, apodado Mr. Jingles, escapa del sanatorio donde permanecía encerrado y se dirige al campamento para sembrar el terror entre sus habitantes.

*American Horror Story* nació en el año 2011 de manos de Ryan Murphy y Brad Falchuk. Cada temporada de la serie cuenta una historia diferente, pero todas poseen varias cosas en común: en la mayoría repiten los mismos actores interpretando a distintos personajes, hay mucha sangre, violencia y humor, y la diversión se impone por encima de la verosimilitud. Si estos ingredientes son de tu agrado, *American Horror Story* estará entre tus series indispensables.

## AÚN SÉ LO QUE MATASTE EN VIERNES 13

Las reglas en *American Horror Story* es que no hay reglas. La novena temporada comienza homenajeando a clásicos del *slasher* como *La noche de Halloween*, *Viernes 13* o *Campamento sangriento*; luego el argumento se enreda, surgen fantasmas, demonios y psicópatas de todo pelaje y condición, y las referencias al terror contemporáneo pueden marear a los aficionados más curtidos.

Cada nuevo episodio multiplica la locura del anterior; el desenfreno te contagia, es adictivo, no puedes apartar la mirada del carrusel de muertes, decapitaciones y exageraciones gore que ofrecen las nueve entregas de este aclamado serial.

## LA MUERTE FAVORITA DEL GUARDIÁN DE LA CRIPTA

Uno de los personajes vuela en pedazos después de ser introducido en una trituradora de madera. Qué manera de ensuciar.

Como en casi todas las películas del subgénero *slasher*, los estereotipados personajes no importan mucho; sabes que la mayoría van a morir y no te encariñas demasiado con ellos, pero al menos tienen sus motivaciones y no son meras dianas en movimiento para Mr. Jingles —cuyo chubasquero recuerda al del asesino de *Sé lo que hicisteis el último verano*, 1997— y sus «amigos».

Puede que no sea la mejor temporada de AHS —los últimos episodios no terminan de dar lo que prometen—, pero no defraudará a los incondicionales de la serie y a los amantes de las películas de campamentos sangrientos.

## UNOS RETORCIDOS OCHENTA

La recreación de los ochenta es magnífica. Todo está cuidado al detalle, desde los estupendos títulos de crédito grabados en VHS, pasando por el vestuario pop y terminando con un campamento capaz de despertar la nostalgia de los fans de Jason Woorhees. Pero *1984* no solo es un *revival* ochentero, con sus calentadores, música de sintetizador y pelos cardados, también alberga un aire desmitificador que le sienta muy bien; por poner un ejemplo: una chica negra comparte el honor de ser la *final girl* de la serie, cuando hasta entonces nunca habíamos visto a una mujer de color ser la última superviviente de un *slasher*. También hay roqueros masacrados, fantasmas teniendo sexo, y hasta algo parecido a un final feliz…

¡Si Michael Myers levantara la cabeza!

# AHS
## 1984

No puedes
apartar la mirada
del carrusel
de muertes,
decapitaciones
y exageraciones
gore que ofrecen
las nueve
entregas de este
aclamado serial.

9.18

# Curiosidades:

- El personaje de Richard Ramírez, al que llaman «The night stalker», existió realmente. Entre 1984 y 1985 asesinó a catorce personas y cometió varias violaciones en la ciudad de Los Ángeles. Tal y como aparece en la serie, Ramírez era adorador del diablo y llevaba una marca satánica en una de sus manos.
- En la secuencia inicial del primer episodio vemos a los protagonistas bailando en una clase de aerobic; la escena homenajea a la película *Perfect* (1985), en la que John Travolta y Jamie Lee Curtis mueven la cadera de forma sexy. Esta famosa secuencia se puede ver en YouTube.
- El primer episodio de esta temporada tuvo 5,5 millones de espectadores, triplicando el nivel de audiencia que tenía hasta el momento FX, el canal que emitió la serie.
- El actor Evan Peters había sido un fijo en todas las temporadas, pero en esta no participó; declaró que estaba agotado, y que meterse en la piel de personajes tan extremos le estaba afectando a su vida diaria.
- Si te gusta esta temporada, te recomiendo que no te pierdas otras de AHS, como las tituladas *La casa del crimen, Asylum* y *Roanoke*.

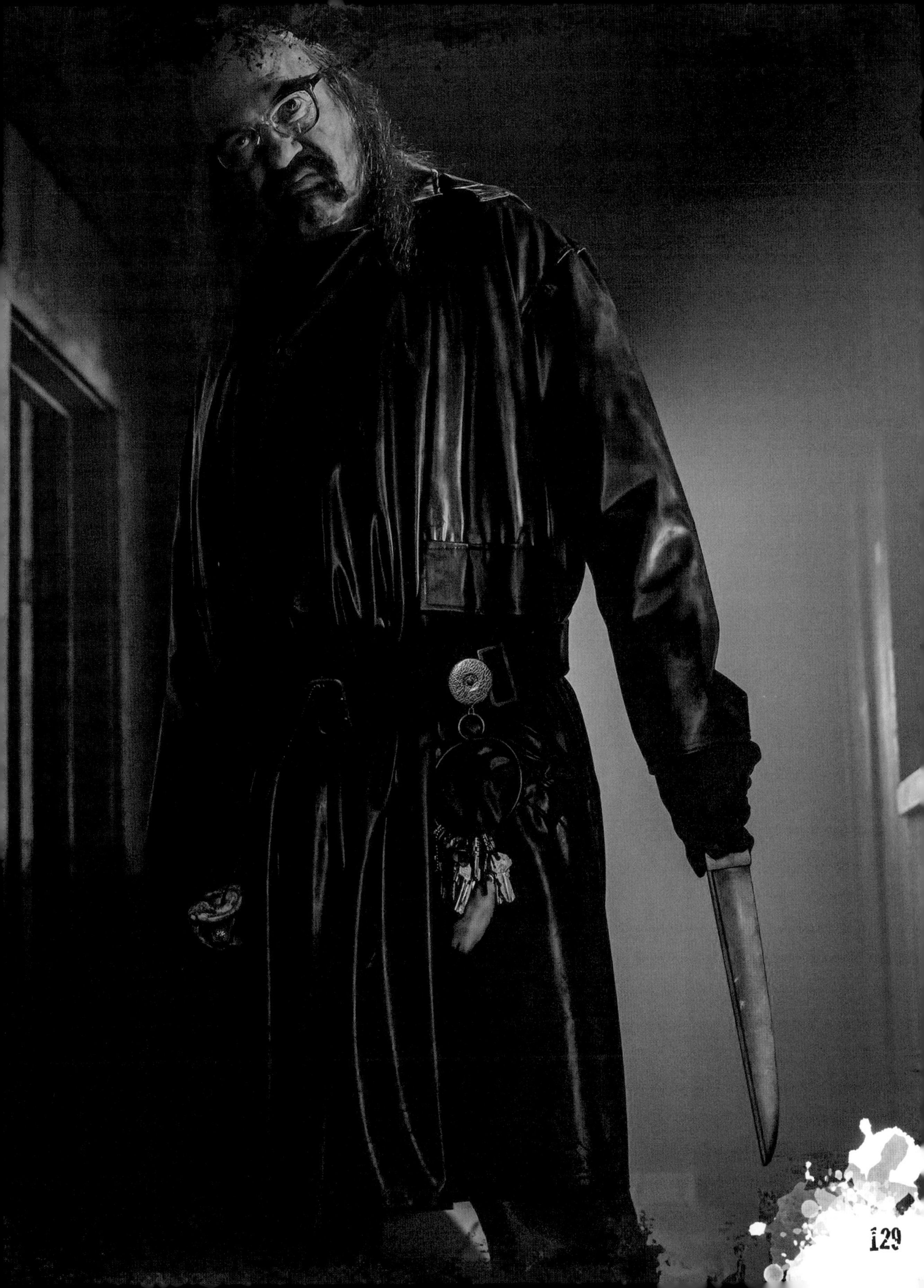

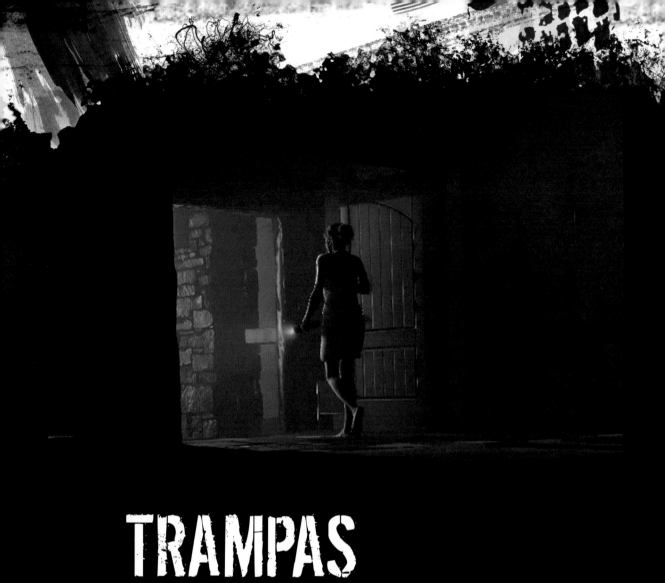

# TRAMPAS PARA TURISTAS DESPISTADOS

Las vacaciones sirven para alejarnos
de los problemas diarios. Queremos
dejar el estrés y la ansiedad en casa,
deseamos que un relajante viaje nos haga
olvidarnos de la rutina. No nos damos
cuenta de lo vulnerables y confiados que
somos en esas situaciones. El mal sonríe
y nos da la bienvenida a su paraíso;
adelante, entra en esa cueva, vamos, date
un chapuzón en el río; disfruta, puede
que te quede poco. Y si tienes suerte y
sales con vida, siempre estarán tus jefes
esperándote de vuelta al trabajo, con los
brazos abiertos y los dientes afilados.

# EL REFUGIO DE MONTAÑA BLACKWOOD PINES

## UNTIL DAWN

**VIDEOJUEGO**

*Until Dawn.* 2016. EE. UU. **Diseñador:** Nick Bowen. Director: Will Byles. **Compañía:** Supermassive Games. **Género:** Horror de supervivencia. **Plataforma:** Playstation 4.

### MUERTE EN LA CONSOLA

Un grupo de amigos se reúne en un refugio de montaña abandonado llamado Blackwood Pines, justo un año después de que allí mismo desaparecieran dos amigas suyas. Los chicos no tardan en percatarse de que no están solos, y que ese alguien o algo conoce lo que realmente ocurrió con las jóvenes; es más, parece dispuesto a vengarse. Aislados a causa de un temporal, los ocho amigos tendrán que sobrevivir hasta que llegué una misión de rescate, al amanecer del día siguiente.

*Until Dawn* (Hasta el amanecer) es un juego interactivo del género horror de supervivencia que te hace sentir como si estuvieras dentro de una auténtica película de terror. El juego tiene un tratamiento cinematográfico que lo hace innovador y sumamente atrayente; a través de una perspectiva en tercera persona, la «cámara» no se limita a estar detrás de ti, sino que actúa con el entorno para meterte el miedo en el cuerpo: surge de detrás de un

árbol esquelético, persigue a una rata a ras de suelo o se gira de repente para mostrarnos algo que nos da un susto de muerte.

## EL EFECTO MARIPOSA

Lo que diferencia a este juego de otros es que cada elección que hagas determina el devenir de la historia y el futuro de tu personaje. Puede que alguien de entre vosotros recuerde aquellos libros de «elige tú propia aventura» que se editaron en los años ochenta. Pues la mecánica de *Until Dawn* es similar, ya que una mala acción te puede llevar a que te amputen un dedo o directamente a una muerte cruel. Pero no desesperes, que tendrás la ventaja de poder manejar hasta a ocho personajes, que sería como decir que cuentas con ocho vidas, una más que los gatos.

## LA MUERTE FAVORITA DE LA VIEJA BRUJA

En un momento dado, tienes que elegir cuál de dos de tus amigos es partido por la mitad por una sierra gigante ¡Y no tienes otra elección que matar a uno de los dos!

Para ayudar en la toma de decisiones, hay diseminados por los escenarios unos pequeños tótems indios que contienen visiones fragmentadas del futuro. Estos fragmentos sirven como pistas para desentrañar los secretos del juego. También hay opción de coger armas, y en muchos casos se brinda la posibilidad de defenderse, atacar o huir ante situaciones embarazosas. Hay un buen equilibrio entre investigación y acción para no aburrirse en ningún momento.

La trama bebe de los *slasher* de los ochenta y un poquito de la saga *Saw*, y muchos de los *clichés* con piernas que manejas acaban siendo exterminados de formas imaginativas y muy gores. Y por supuesto, no faltan sorprendentes giros de guion, humor negro y varios finales que hacen de *Until Dawn* una experiencia disfrutable y rejugable.

## UNA INMERSIÓN DE PRIMERA

Uno de los aspectos más cuidados del videojuego es su soberbia ambientación. Todas las localizaciones están diseñadas con cariño hacia el género: el siniestro refugio de montaña, los caminos de nieve que serpentean entre graznidos de cuervos y ruidos extraños, cabañas y cobertizos, túneles y cuevas espeluznantes…, y un hospital psiquiátrico que resulta ser la joya de la corona, y que nos retrotrae a otros manicomios ilustres que aparecen en pelis como *House on Haunted Hill* (1999) o *Session 9* (2001); por cierto, uno de los guionistas del juego participó en esta última.

La trama bebe de los slasher de los ochenta y un poquito de la saga *Saw*.

Y para que la inmersión sea total, solo hay que sumar un apartado sonoro notable, que a menudo te eriza los pelos de la nuca si juegas de noche y con los cascos puestos.

# Curiosidades:

- En las últimas fases de su desarrollo, el juego se pensaba lanzar en PlayStation 3 para su uso con PlayStation move (a través de mandos con sensor de movimientos), pero finalmente el proyecto fue cancelado y se adaptó a la PS4. Por las redes se puede ver un vídeo con el prototipo de aquella versión, con un punto de vista en primera persona y unos gráficos modestos.

- *Resident Evil* fue el pionero de los juegos de «horror de supervivencia» (o *survival horror)*, donde el personaje principal debe sobrevivir —casi siempre en inferioridad de condiciones— o escapar de lugares laberínticos o cerrados. Tampoco olvidemos otros antecedentes, como *Alone in the Dark* o *Sweet Home*.

- *Until Dawn* sirvió de trampolín para que Supermassive Games llevase adelante el proyecto llamado The Dark Pictures Anthology, que consiste en una antología de juegos de terror que sigue el patrón de *Until Dawn*. Hasta ahora han sacado al mercado tres interesantes capítulos: *The Man of Medan* (2019), *Little Hope* (2020) y *House of Ashes* (2021), dos de ellos comentados en este libro. Está previsto que sean un total de seis títulos.

- Otras películas homenajeadas en el juego: *Viernes 13, Halloween, Posesión infernal, San Valentín sangriento, La cabaña en el bosque* o *Sé lo que hicisteis el último verano.*

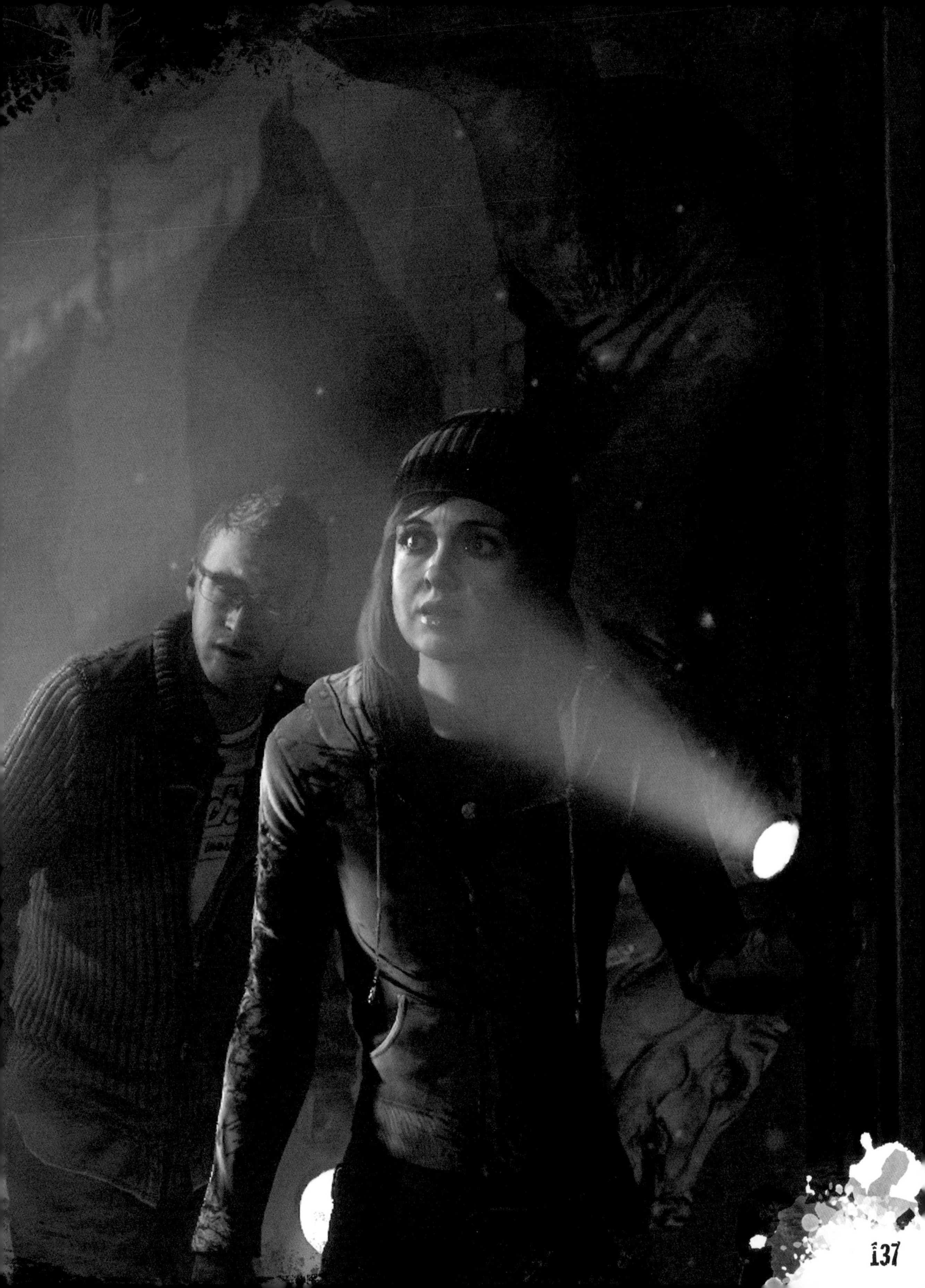

# ANGUSTIA EN LOS MONTES APALACHES

## THE DESCENT

PELÍCULA

*The Descent.* 2005. Reino Unido. **Dirección:** Neil Marshall. **Reparto:** Shauna Macdonald, Natalie Jackson Mendoza, Alex Reid. **Género:** Terror. Monstruos. Supervivencia. 100 min.

"THE BEST HORROR-THRILLER SINCE ALIEN."
SCREAM YOUR LAST BREATH
THE DESCENT

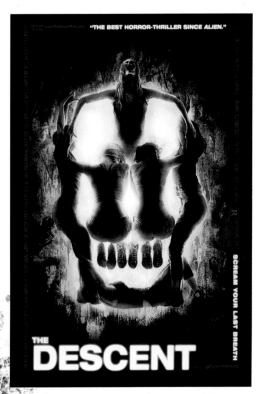

### ATRAPADAS EN LA CUEVA

Seis amigas se juntan para hacer espeleología en una remota montaña de un Parque Nacional. Entre ellas se encuentra Sarah, una joven que está superando un trauma por la muerte de su marido y su hija en un accidente de tráfico. Al poco de entrar en la cueva se produce un desprendimiento y quedan atrapadas. Cuando se disponen a buscar una salida entre los angostos túneles, se dan cuenta de que no están solas. Algo voraz se esconde en las profundidades de la caverna.

A principios de la década del 2000, pocas producciones como *The Descent* supieron conjugar a la perfección el entretenimiento, la sangre y el terror psicológico. No es una película para todos los paladares, ya que hay escenas realmente duras y gore, pero su argumento tiene más miga de lo que parece y es una demostración de que el cine de terror «moderno» aún puede ofrecer obras serias y de calidad.

## UN TRASFONDO IDEAL

Las cuevas siempre han sido lugares complicados para hacer una película, ya que hay que mover mucho equipo técnico y humano por sitios normalmente impracticables. Si recuerdas algún filme donde alguien entra en una cueva, lo más seguro es que sus paredes fueran de cartón-piedra. Puede parecer que hay secuencias de *The Descent* que transcurren en cuevas reales, pero no es así. Para los productores, el tiempo era un bien precioso, y grabar en una cueva les habría hecho perder mucho dinero. Gracias a los famosos estudios Pinewood (Londres), se construyeron 21 decorados de cuevas y se reutilizaron algunos usando diferentes planos o cambiando la iluminación. De esa manera, era como si las protagonistas exploraran una red interminable de cavidades y grietas. Para aumentar la sensación de angustia y claustrofobia, en ocasiones se evitó iluminar a los personajes, y solo se usó la luz de los cascos o de las linternas; eso provocó mayor realismo: se palpa la tensión en cada secuencia y el polvo se te mete en los ojos.

## LA MUERTE FAVORITA DEL GUARDIÁN DE LA CRIPTA

Una criatura da un salto y se pone encima de una de las chicas, a la que le arranca la mitad del cuello de un mordisco. Lo que hace el hambre.

## EL LADO OSCURO DEL SER HUMANO

*The Descent* sigue los patrones del cine de supervivencia, en el que solo llegan al final los personajes que mejor se adaptan a las circunstancias que los rodean. El problema no es solo que la salida de la cueva se halla derrumbado y no sepan cómo salir, sino que también se las tendrán que ver con unos seres humanoides y escurridizos que atacan en la oscuridad: «El principal impulso para mí fue explorar de qué eran capaces los personajes para sobrevivir —explica el director Neil Marshall—, y como su regresión y descenso al salvajismo les vuelve primarios. Se vuelven como mujeres de las cavernas al final de la película porque su instinto de supervivencia es muy fuerte». Ese instinto, que curiosamente es más fuerte en Sarah —la chica que aparentemente ha superado la muerte de su familia—, se traduce en una lucha encarnizada en la que, por momentos, las cazadas se transforman en cazadoras, y nos damos cuenta de que quizá el mal que habita en la cueva no sea tan inhumano como parece. Atención a algunas pistas diseminadas por la película, que ayudan a saber más sobre los orígenes de esas criaturas que parecen primos lejanos de Gollum.

Sigue los patrones
del cine de
supervivencia,
en el que solo
llegan al final los
personajes que
mejor se adaptan a
las circunstancias
que los rodean.

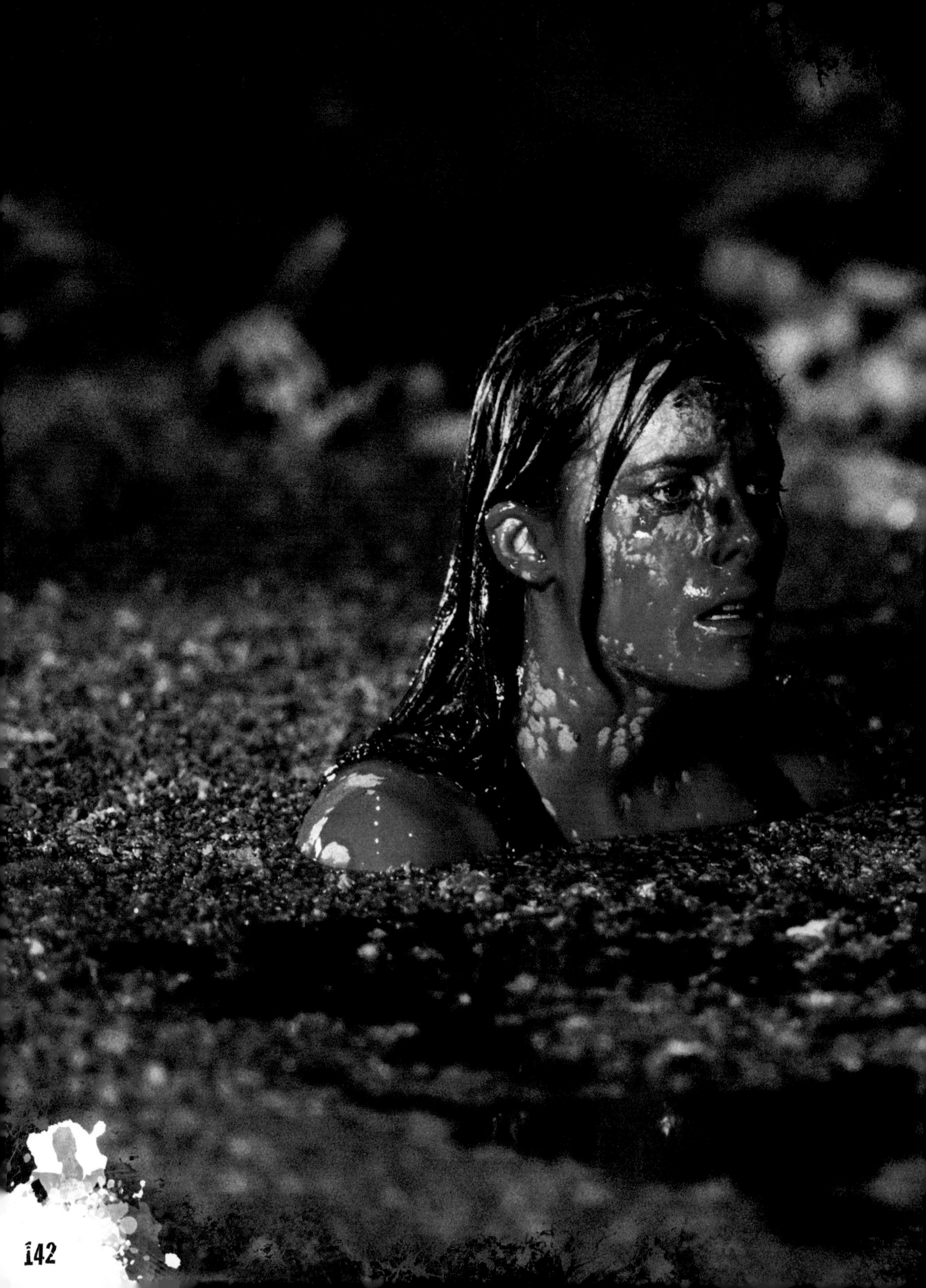

# Curiosidades:

- Shauna Macdonald (la actriz protagonista) padecía claustrofobia, por lo que para ella fue sencillo entrar en pánico y estar asustada.
- Casualidades de la vida, el mismo año de su estreno también estaba previsto que llegara a las salas *La caverna maldita,* una cinta estadounidense con evidentes parecidos al filme de Marshall. Con el fin de que no coincidieran, los productores de *The Descent* adelantaron el estreno, con tan mala suerte que llegó a las salas la misma semana que se produjeron los atentados de Londres de 2005, lo que hizo que los datos de taquilla no fueran los mejores.
- A pesar de esto, recibió buenas críticas y en 2009 se rodó una secuela, *The Descent 2.* La historia comenzaba justo después del desenlace de la primera parte, y los personajes sobrevivientes volvían a meterse en problemas. La película pierde el factor sorpresa y estropea un poco el genial final de su antecesora, pero a cambio regala grandes cantidades de violencia y truculencias, y no defrauda en ninguno de sus apartados.
- El cartel de la película se inspiró en *Salvador Dalí In Voluptate Mors*, una foto concebida por Salvador Dalí y realizada por el fotógrafo Philippe Halsman en 1951. En ella, se ve al autor al lado de varias mujeres desnudas que posan conformando con sus cuerpos el rostro de una calavera.
- El director Neil Marshall ha rodado otras joyitas del género, como *Dog Soldiers* (2002) o *Centurión* (2010), pero su estrella se fue apagando con películas como el relanzamiento de *Hellboy* (2019) o *The Reckoning* (2020).

# A TRAVÉS DE LA SELVA MEXICANA

## LAS RUINAS

**LIBRO / PELÍCULA**

*The Ruins*. 2006. EE. UU. Autor: Scott Smith. Editada en España por Ediciones B. 416 páginas. **Género:** Terror. Leyendas. Supervivencia.

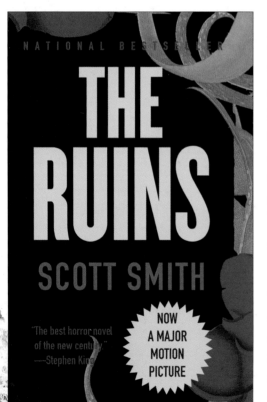

### TERROR DEL SIGLO XXI

Cuatro jóvenes estadounidenses que pasan sus vacaciones en Cancún entablan amistad con unos chicos griegos y un turista alemán. Este último les propone visitar unas ruinas donde trabaja la novia de su hermano, que es arqueóloga. Sin pensarlo mucho, el grupo se interna en la selva hasta llegar a una colina en medio de un claro, donde se supone que se hallan los restos de una civilización Maya. Allí les espera un espantoso descubrimiento del que no podrán escapar.

El mundillo literario siempre está en busca del nuevo Stephen King. Salvando las grandes distancias, *Las ruinas*, de Scott Smith, es un digno y entretenido libro con ciertos parecidos al King más visceral y cruel, pero sin la carga de ironía o el estupendo estudio de personajes de este. En su día fue un éxito de ventas y propicio una aceptable película de serie B. Si alguna vez viajas a la Riviera Maya, no volverás a ver con los mismos ojos su majestuosa vegetación.

## ANGUSTIA AL AIRE LIBRE

Durante sus años de colegio, Scott Smith escribió una historia en la que un grupo de arqueólogos desenterraban algo que les causaba una enfermedad. Smith mantuvo el cuento guardado en una carpeta, y cuando años después vio la película *Señales* (2002), se le ocurrió que estaría bien hacer algo escalofriante; entonces consultó su carpeta, vio ese relato y pensó: «¿Y si los arqueólogos descubren algo que no es una enfermedad, sino que tiene un elemento de terror?». El autor convirtió el cuento en un libro que se desarrolla en un único escenario, una colina cubierta de enredaderas donde el grupo de amigos ha quedado atrapado, garantizando al lector unos buenos ratos de angustia y zozobra. El escritor maneja con pericia el folclore Maya y un terror vinculado con una naturaleza que se rebela contra el ser humano y lo ajusticia sin piedad. Es posible que la historia diese para más, pero Smith prefiere tomar el camino de lo escabroso y el gore; en ese sentido, *Las ruinas* no es una novela precisamente sutil: es desagradable y no apta para gente sensible, pero deleitará a los amantes de las emociones fuertes y es una buena opción como lectura veraniega.

## LA MUERTE FAVORITA DEL GUARDIÁN DE LA CÁMARA

En la novela, uno de los personajes está convencido de que tiene algo dentro de su cuerpo, por lo que coge un cuchillo y se va despellejando vivo, poco a poco, hasta morir.

## VIAJES DE MUERTE

Desde el estreno de *Hostel* en 2005, la industria hollywoodiense se empeñó en rodar una serie de películas donde turistas norteamericanos sufrían lo suyo en países extranjeros, dando a entender que más allá de Estados Unidos no existían lugares seguros. Buenos ejemplos de ese tipo de subgénero fueron cintas como *Turistas* (2006) o *Escapada perfecta* (2009). Como el argumento de *Las ruinas* iba en esta misma línea —los buenos son los estadounidenses, mientras los mexicanos quedan como una tribu agresiva y poco amistosa— un productor avispado enseguida se dio cuenta de que era un libro idóneo para adaptar al cine. *Las ruinas* llegó a las salas en 2008, y el guion fue escrito también por Smith, que cambió los nombres de los protagonistas, algunas muertes y el final, distinto pero en sintonía con el del libro. Si te gustó la novela, el filme no te decepcionará, pues hay bastante sangre y secuencias altamente truculentas, con unos competentes efectos especiales y logrados pasajes de tensión. El «pero» viene con unos personajes que son los típicos jovencitos sin personalidad, y que hacen todo lo que está en su mano por morir lo antes posible.

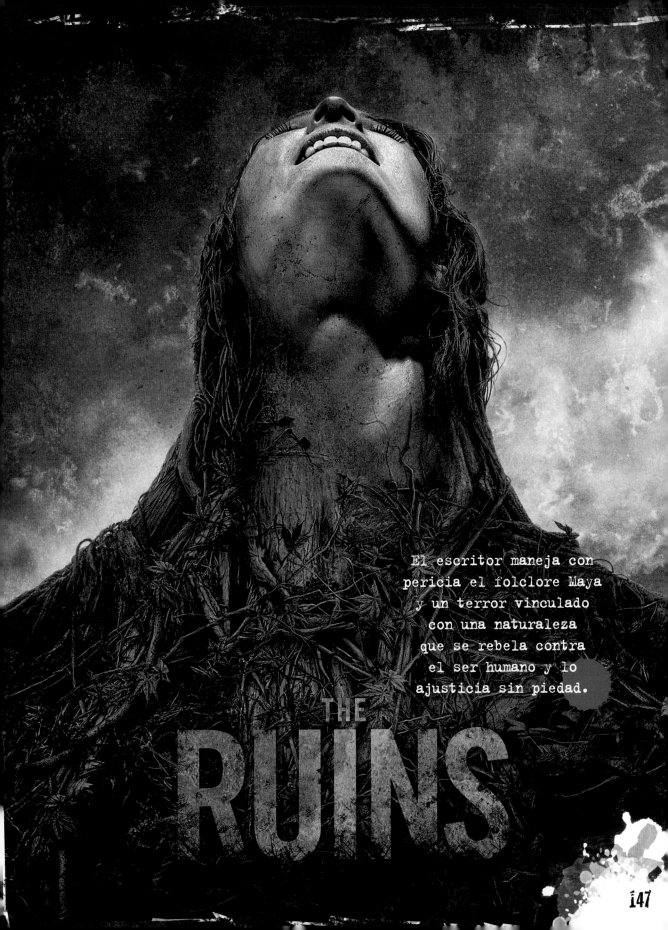

El escritor maneja con
pericia el folclore Maya
y un terror vinculado
con una naturaleza
que se rebela contra
el ser humano y lo
ajusticia sin piedad.

THE
RUINS

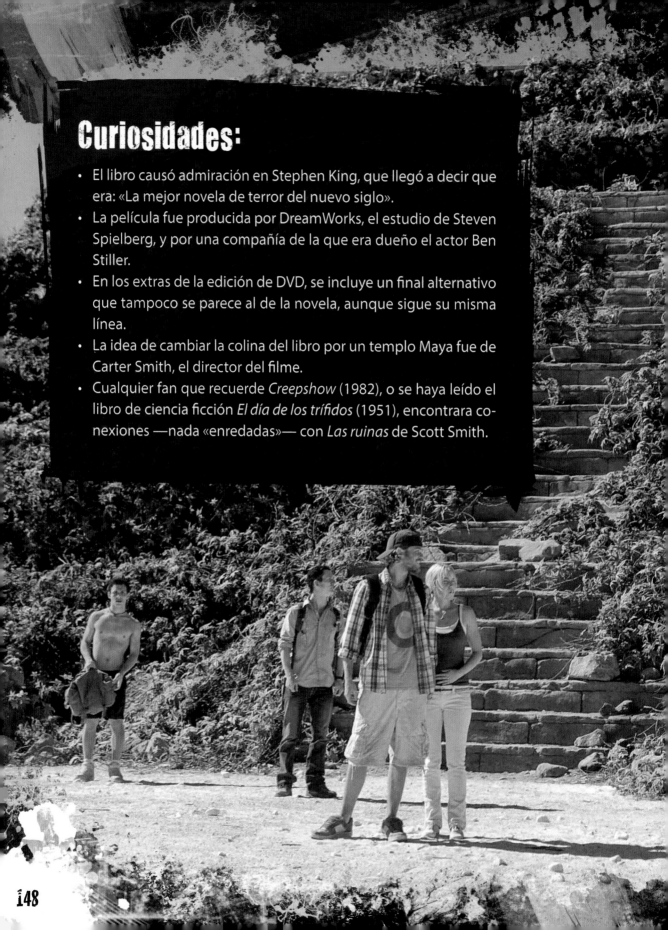

# Curiosidades:

- El libro causó admiración en Stephen King, que llegó a decir que era: «La mejor novela de terror del nuevo siglo».
- La película fue producida por DreamWorks, el estudio de Steven Spielberg, y por una compañía de la que era dueño el actor Ben Stiller.
- En los extras de la edición de DVD, se incluye un final alternativo que tampoco se parece al de la novela, aunque sigue su misma línea.
- La idea de cambiar la colina del libro por un templo Maya fue de Carter Smith, el director del filme.
- Cualquier fan que recuerde *Creepshow* (1982), o se haya leído el libro de ciencia ficción *El día de los trífidos* (1951), encontrara conexiones —nada «enredadas»— con *Las ruinas* de Scott Smith.

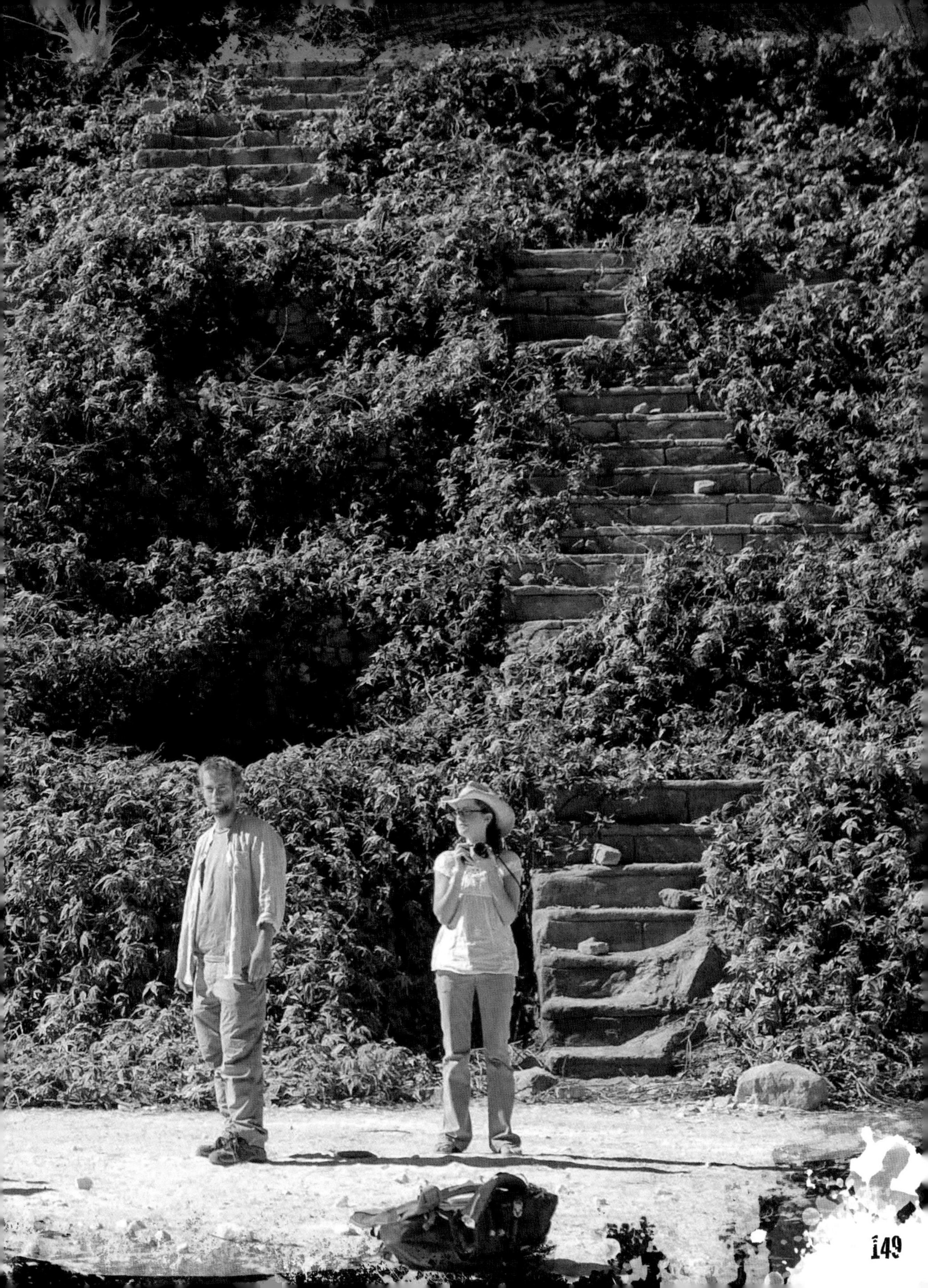

# UNA CASA SUMERGIDA EN FRANCIA

## LA CASA DE LAS PROFUNDIDADES

**PELÍCULA**

*The Deep House*. 2021. Francia. **Dirección:** Alexandre Bustillo, Julien Maury. **Reparto:** James Jagger, Camille Rowe, Eric Savin. **Género:** Terror. Casas encantadas. 85 min.

### TODO POR UN «ME GUSTA»

Una pareja de *youtubers* norteamericanos que viajan por Europa en busca de lugares encantados llegan a Chanteloup, un pueblo del suroeste de Francia donde, según un lugareño, hay una mansión sumergida en un solitario lago. Los dos chicos hacen una inmersión para grabar con sus cámaras acuáticas, y se encuentran un suntuoso caserón con las ventanas y las puertas tapiadas. Por fin hallan una entrada por el ático, y dentro del edificio empiezan a oír ruidos extraños y voces. Cuando se dan cuenta de que algo les acecha, intentan salir, pero descubren que la casa tiene otros planes para ellos.

Vaya por adelantado que *La casa de las profundidades* está lejos de ser una gran película de terror, pero su insólito planteamiento bien merece tenerse en cuenta en un momento en que las ideas originales dentro del género lucen por su ausencia. Si te atraen las películas de «metrajes encontrados» o los videojuegos de miedo en primera persona, puedes darle al *play* a a este sugestivo tren de la bruja.

# FANTASMAS DE AGUA DULCE

La premisa de la película surgió de los intercambios de ideas que suelen mantener los directores Alexandre Bustillo y Julien Maury cuando están a la caza de una nueva historia: «Nos encantan las secuencias submarinas en películas como *In Dreams* de Neil Jordan o *Inferno* de Dario Argento, y cosas así —explica Bustillo—. Estamos enamorados de las secuencias submarinas con buceadores, y totalmente enamorados de las películas de casas encantadas en general. De repente, surgió la idea. Quizá podamos hacer un cruce de estas dos ideas; ¡Quizá podamos tener una casa embrujada bajo el agua!». Pero no solo estamos ante una historia diferente; a nivel técnico la película es todo un logro, pues las escenas acuáticas se rodaron íntegramente bajo el agua, dando mayor verosimilitud a los instantes terroríficos. A esto se suma la gran ambientación de la mansión, con unos escenarios interiores sorprendentes y un cuidado asombroso por el detallismo.

## LA MUERTE FAVORITA DE LA VIEJA BRUJA

Uno de los personajes es acuchillado hasta la muerte por un fantasma acuático. Qué mal trago.

## EL ENCANTO DE LO ILUSORIO

Los mejores momentos del filme se producen en su primer tercio, cuando los protagonistas van descubriendo la casa. Muy potentes, fantasmagóricas

y deliciosamente irreales son las imágenes de la verja de la entrada y la fachada de la mansión, o las secuencias referidas a cada estancia, en especial el salón y la habitación de los niños. El elemento sobrenatural aparece en la película de forma gradual y, cuando irrumpe definitivamente, nos depara algún susto de infarto y momentos espeluznantes (sobre todo cuando los «dueños de la casa» salen a dar la bienvenida a los invitados). Por desgracia, y como ocurre en tantas producciones de corte parecido, se nota que Bustillo y Maury no lo tuvieron tan claro a la hora de rematar el guion, y el argumento termina ahogado en un mar de tópicos, acuáticos, eso sí.

Siempre tratamos
de encontrar
una manera de
sorprender a la
audiencia, porque
como espectadores,
nos encanta no
saber adónde vamos
cuando vemos
una película.

# Curiosidades:

- La película se rodó en un gigantesco tanque de agua, construido para rodajes acuáticos en Bruselas. En palabras de Bustillo: «Es como una piscina infinita, nueve metros de profundidad. Tiene un ascensor para subir y bajar las cosas, así que construimos la casa poco a poco». El equipo llegaba a estar entre ocho y diez horas rodando bajo el agua.

- Para los directores, el hecho en sí mismo de estar sumergidos en el agua era un elemento que provocaría gran curiosidad en el espectador. De ahí que no dieran tanta importancia al desarrollo del relato: «Hay una historia de base —comenta Julien Maury—, pero una gran parte del filme se articula alrededor de la emoción pura y dura».

- A la hora de planificar el rodaje apareció la cuestión de cómo hacer que los fantasmas dieran miedo. No querían usar efectos especiales porque sería caro y no funcionaría bajo el agua, así que optaron por utilizar buceadores expertos, como explica Bustillo: «Encontramos un par de buceadores libres mayores para interpretar a los padres, pero el desafío fue encontrar a la niña. Es muy difícil encontrar una niña de unos once o doce años que pueda bucear de verdad, sin oxígeno a seis metro de profundidad». Afortunadamente, encontraron a Carolina Massey, una niña de once años que llevaba cuatro o cinco buceando.

- Uno de los problemas de *La casa de las profundidades* es que, al pasar todo el tiempo enfundados en el traje de buzo, apenas vemos las caras de los actores principales. Tal cuestión resta dramatismo a lo que les sucede y al conjunto de la película. Los directores intentaron paliar este inconveniente empleando muchos planos subjetivos transmitidos desde las distintas cámaras de los personajes, para que el espectador tuviera la sensación de ser el protagonista. No es un *found footage* (metraje encontrado), pero se le acerca.

- Maury y Bustillo son dos directores famosos dentro del cine de terror debido a *El interior* (2007), una película gore rompedora que en su día levantó ampollas. Una serie de desafortunados títulos dentro del género han ido desinflando su popularidad; pese a todo, recomiendo *Livide* (2011), otra original cinta de casas encantadas que podría ser la versión en tierra de *La casa de las profundidades*.

# PÁNICO EN EL RÍO AMAZONAS

## LA MUJER Y EL MONSTRUO

PELÍCULA

*The Creature from the Black Lagoon*. 1954. EE. UU. **Dirección:** Jack Arnold. **Reparto:** Julie Adams, Richard Carlson, Richard Denning. **Género:** Terror. Aventura. Monstruos. 79 min.

### LA LAGUNA NEGRA

Una expedición científica se dirige al río Amazonas para investigar el hallazgo de una mano fosilizada de hace millones de años. Mientras viajan en un barco de vapor, son atacados por un monstruo anfibio que va matándolos de uno en uno, y que parece especialmente interesado en Kay, la única mujer del grupo. La persecución de este ser llevara a la expedición a un lugar llamado la Laguna Negra.

*La mujer y el monstruo* (1954) presenta a la última de las míticas criaturas a la que dieron vida los estudios Universal durante la gloriosa década de los años treinta y cuarenta. Sin ser tan famosa, esta criatura ha pasado, por derecho propio, a ocupar un puesto de honor al lado del Drácula de Bela Lugosi, el Frankenstein de Boris Karloff o el hombre lobo de Lon Chaney.

## BAJO AGUAS CASI TRANQUILAS

El encargado de que *La mujer y el monstruo* llegara a buen puerto fue el productor William Alland, que encontró la inspiración de la historia en el libro *El mundo perdido* —una novela de Arthur Conan Doyle sobre una expedición a una meseta donde aún habitaban animales prehistóricos—, y en una leyenda de la Amazonia que aseguraba que, una vez al año, un monstruo raptaba a mujeres que vivían en las aldeas del lugar. Para la dirección, Alland optó por el director Jack Arnold, experto en obras de ciencia ficción y terror con producciones tan excelsas como *Vinieron del espacio* (1953) o *El increíble hombre menguante* (1957). El filme es una serie B de suspense y acción, con una criatura espectacular, muertes terroríficas y grandes escenas acuáticas. Arnold explica el por qué del éxito de la película: «Juega con un miedo básico que las personas tienen

respecto a lo que podría estar bajo la superficie del agua. Usted conoce esa sensación cuando está nadando y algo roza su pierna; se asusta muchísimo si no sabe qué es. Es el miedo a lo desconocido. Decidí explotar este miedo tanto como fuera posible al filmar *La mujer y el monstruo*». Si este comentario te recuerda a otra película, has acertado: el *Tiburón* de Steven Spielberg tiene muchas influencias de *La mujer y el monstruo*.

## LA MUERTE FAVORITA DEL GUARDIÁN DE LA CRIPTA

En el interior de una tienda de campaña, la criatura ataca a un indígena agarrándole de la cara con su viscosa mano palmípeda.

## PROTEGIENDO SU TERRITORIO

Hay varios aspectos que diferencian la obra de Arnold de otras producciones de la época. En primer lugar, llama poderosamente la atención el asombroso diseño de la criatura, obra de Milicent Patrick, que marcó un antes y un después en la creación de los efectos especiales. El traje del monstruo no era de una sola pieza, sino que se dividía en varias partes para que tuviera mayor movilidad, e incluso era capaz de mover las branquias; esto proporcionaba mucho realismo a la criatura, con la que además podemos llegar a identificarnos, ya que protege su territorio de los humanos que tiran colillas o envenenan el agua causando la muerte de cientos de peces. Otra característica poco habitual que posee *La mujer y el monstruo* son sus connotaciones sexuales, que se reflejan en el moderno bañador de Julie Adams, en una danza acuática que parece un ritual de apareamiento, o en la inolvidable secuencia en la que, mientras la chica nada, sin que ella lo sepa la criatura la imita, buceando en paralelo a unos pocos metros de su cuerpo. Por último, para que una película tan visual saliese a flote necesitaba una buena banda sonora, y Joseph Gershenson compuso una partitura escalofriante y maravillosa a la vez.

Juega con un miedo básico que las personas tienen respecto a lo que podría estar bajo la superficie del agua.

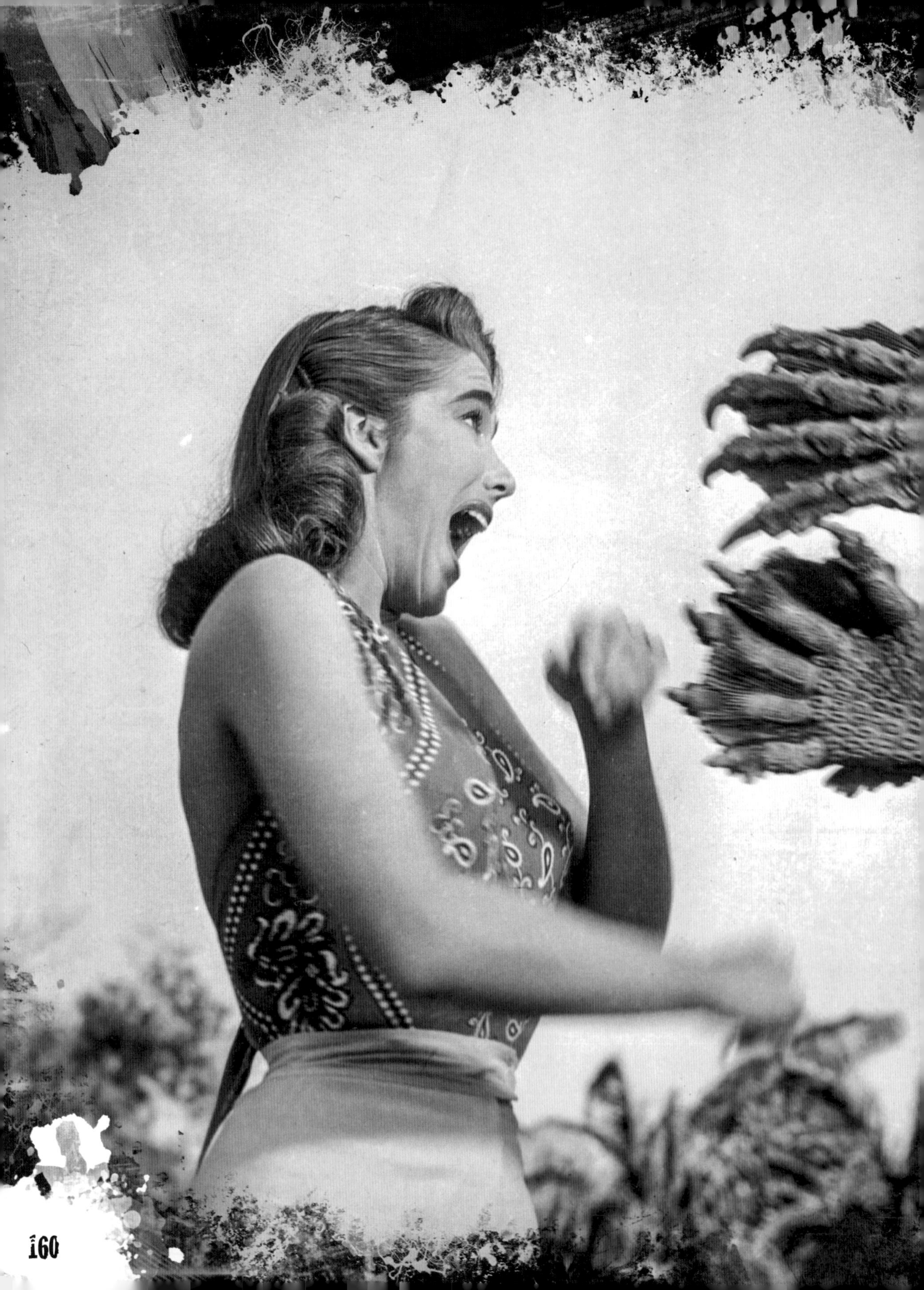

# Curiosidades:

- Hubo dos secuelas: *El regreso del monstruo* (1955), donde la criatura causaba el pánico en la gran ciudad, y *El monstruo vengador* (1956), en la que tras unos tratamientos quirúrgicos el monstruo adquiría un aspecto humano.
- La criatura fue interpretada por dos actores: Ben Chapman se enfundó el traje del monstruo en tierra firme —y su cojera le confirió más personalidad si cabe—, y Ricou Browning se encargó de las escenas acuáticas.
- La película se rodó y fue estrenada en 3D. Las escenas bajo el agua en tres dimensiones causaron gran impacto en el público de la época.
- El rugido que produce la criatura fue usado por Steven Spielberg al final de dos películas suyas: al ser destruido el camión de *El diablo sobre ruedas* (1971) y al morir el escualo de *Tiburón* (1975).
- Como el resto de las creaciones de la Universal, el monstruo de *La mujer y el monstruo* tuvo su contrapartida en la divertida e imprescindible *Una pandilla alucinante* (1987).

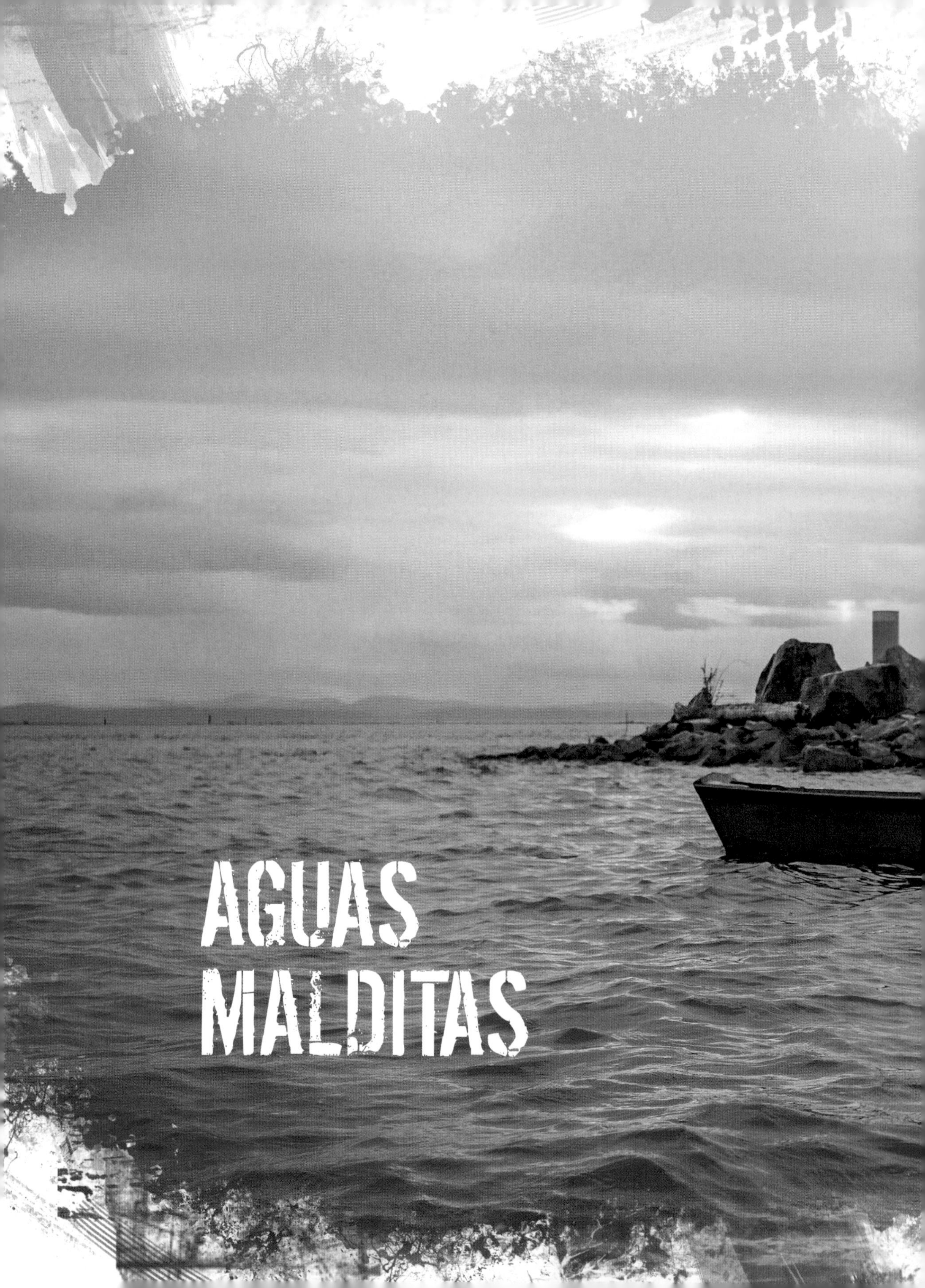

# AGUAS MALDITAS

El mar representa el fin de un mundo y
el comienzo de otro. Desde la orilla
de una playa se puede contemplar ese
lugar insondable y misterioso que
de cuando en cuando devuelve lo que
una vez arrojamos o perdimos en sus
aguas. Así que, cuidado con pensar
en deshacerte de tu suegro o de esa
compañera de trabajo insoportable...
porque puede que regresen con más
vida de la que puedas imaginar.

# UNA TÉTRICA CASITA JUNTO AL MAR

## TRANS-GEN (Los genes de la muerte)

**PELÍCULA**

*The Kindred.* 1987. EE. UU. **Dirección:** Jeffrey Obrow y Stephen Carpenter. **Reparto:** Amanda Pays, David Allen Brooks, Rod Steiger. **Género:** Terror. Ciencia ficción. Monstruos. 91 min.

Dios creó al hombre.
Ahora verás lo que ha creado Amanda.

TRANS-GEN
(Los genes de la muerte)

F/M ENTERTAINMENT presenta TRANS-GEN (LOS GENES DE LA MUERTE) «THE KINDRED» Protagonistas DAVID ALLEN BROOKS-AMANDA PAYS-TALIA BALSAM-KIM HUNTER y ROD STEIGER Producción ejecutivo JOEL FREEMAN Música de DAVID NEWMAN Co-Producida por STACEY GIACHINO Escrita por STEPHEN CARPENTER & JEFFREY OBROW & JOHN PENNEY & EARL GHAFFARI y JOSEPH STEFANO Producida por JEFFREY OBROW Dirigida por JEFFREY OBROW & STEPHEN CARPENTER

## LOS BUENOS OCHENTA

A punto de morir, Amanda pide a su hijo John que acuda a su casa de la playa y destruya las anotaciones de su último experimento. Sorpresivamente, también le confiesa que tiene un hermano. John y unos alumnos de ciencias se presentan en la vivienda y hallan signos de que Amanda se había especializado en experimentos genéticos, y estos habrían dado como resultado una nueva forma de vida.

Poco conocida por el público, *Trans-gen* es una interesante y encantadora serie B, un ejemplo de la variada gama de películas de terror que se rodaron en la segunda mitad de los ochenta. Si presumes de canas puede que recuerdes *Trans-gen* como un fijo en las estanterías de los videoclubs de aquel entonces; y es que su tétrica carátula suponía un gran reclamo para la clientela.

## CÁNTAME UNA NANA

En la película hay excelentes y artesanales efectos especiales, que se alternan con una intriga sencilla pero efectiva: John encuentra unas grabaciones que confirman que su madre había creado algo que no era humano, y sospecha que tiene que ver con el hermano del que no tenía conocimiento. En la secuencia más aterradora de la película, escuchamos una grabación en la que Amanda trata de calmar a su nuevo retoño con una nana, mientras de fondo se oye el rugido de la criatura. Lo que nuestra mente imagina sobre esa escena no lograría superarlo ningún efecto especial.

Dicho esto, *Trans-gen* tiene espíritu de *monster movie*, y su trama un tanto predecible no impide que sea un correcto entretenimiento, con dos buenas interpretaciones de Rod Steiger y la bella Amanda Pays, y una estimable atmósfera lovecraftiana.

## LA MUERTE FAVORITA DEL GUARDIÁN DE LA CÁMARA

Uno de los bichos se mete dentro de una sandía y emerge mientras una chica conduce un coche. Los finos tentáculos de la criatura se meten por las orejas, la boca y la nariz de la joven, que acaba sufriendo un accidente mortal.

## LOVECRAFT FRENTE AL MAR

*Trans-gen* no suele aparecer en los listados de películas relacionadas con H. P. Lovecraft, ya que no se basa en ningún relato o novela del escritor. Sin embargo, se nota que el autor de *Dagón* sirvió de inspiración a la hora de diseñar las criaturas que pululan por la misteriosa casa junto al océano. Las creaciones de Amanda no surgen del mar —bueno, una sí—, sin embargo poseen rasgos marinos, tentáculos y branquias, y cualquiera de ellas bien podría pertenecer a un cuento de Lovecraft o ser descendiente de un alien —incluso hay un bicho «lapa»—. Hay algo de humor, pocas muertes —alguna no podrás olvidarla fácilmente—, y el final es bastante movido y típico de aquel periodo, con uno de los personajes reviviendo milagrosamente. Gustará a los amantes de los experimentos diabólicos, los bichos y las sustancias viscosas, y es perfecta para verla en una sesión doble con *Re-animator* o *Re-sonator*.

# Curiosidades:

- El título original es *The Kindred*, «el pariente» en español.
- Jeffrey Obrow y Stephen Carpenter dirigieron y escribieron varias películas de terror juntos, pero no alcanzaron los resultados de *Trans-gen*. Salvo *Los sirvientes del crepúsculo* (1991), las demás dejaron mucho que desear.
- Poco después, la actriz Amanda Pays participó en otro filme con criatura lovecraftiana: *Leviatán, el demonio del abismo* (1989).
- El reputado actor Rod Steiger, ganador de un Oscar y de multitud de premios, trabajó en otros filmes dentro del género. Los más conocidos: *Terror en Amityville* (1979) y *Escóndete y tiembla* (1987).
- Recomendaciones para un maratón lovecraftiano de serie B: de aquellos años hay dos películas poco conocidas que merecen ser desenterradas. Una es la estupenda *El resucitado* (1991), dirigida por Dan O´Bannon y que adaptaba el relato «El extraño caso de Charles Dexter Ward». La otra es *El libro de los muertos* (1993), una producción de historias cortas francesa con unos espeluznantes efectos especiales.

Es perfecta para verla en una sesión doble con Re-animator o Re-sonator.

# A BORDO DEL MAN OF MEDAN

## THE DARK PICTURES: MAN OF MEDAN

**VIDEOJUEGO**

*The Dark Pictures: Man of Medan.* 2019. EE. UU. **Diseño:** Lee Robinson. **Dirección:** Tom Heaton, Will Byles. Supermassive Games. **Género:** Horror de supervivencia. Intriga. **Plataformas:** Playstation 4; Xbox One; PC.

### A LA DERIVA

Cuatro amigos universitarios alquilan un pequeño barco para practicar submarinismo y localizar un antiguo buque hundido de la Segunda Guerra Mundial en el que, supuestamente, hay un tesoro. Tras una inmersión fallida y, en medio de una devastadora tormenta, la embarcación es asaltada por unos piratas modernos. La única escapatoria para todos es subir a un misterioso barco mercante que ha surgido de la nada y que parece abandonado. Una vez a bordo del buque se ven envueltos en un terrible misterio.

*Man of Medan* es un juego interactivo de horror de supervivencia en tercera persona que pondrá a prueba tus reflejos y tus capacidades psicológicas. Se trata de la segunda parte de la serie The Dark Pictures Anthology, la antología de terror desarrollada por la compañía británica Supermassive Games.

## SS OURANG MEDAN

*Man of Medan* se basa en la leyenda del *SS Ourang Medan*, un barco fantasma que fue encontrado a finales de los años cuarenta —unos dicen en 1947, otros en 1948— con toda su tripulación fallecida en extrañas circunstancias; sus extremidades estaban retorcidas y tenían un rictus de horror en sus caras. Antes de poder remolcarlo, el *Ourang Medan* sufrió un incendio y se llevó todos sus secretos al fondo del mar. Pese a que algunas informaciones aseguran que este relato pudo ser ficticio y que el *Ourang* no llegó a existir, lo cierto es que la leyenda ha dado mucho que hablar a lo largo de los años. El videojuego ahonda en el enigma del famoso buque y lo convierte en el protagonista de una experiencia terrorífica; si logras sobrevivir, es posible que al final sepas qué ocurrió a bordo del malogrado barco. Para tal tarea, tendrás que gestionar la supervivencia de cinco personajes, los cuatro amigos y la capitana de la embarcación de alquiler. A lo largo de la aventura irás saltando de un personaje a otro; de ti dependerá determinar el comportamiento y las decisiones de cada uno de ellos —a través de un sistema de elección llamado «la brújula moral»—, así que mucho cuidado, porque la mala decisión de un personaje puede acabar condenando a los demás.

## LA MUERTE FAVORITA DE LA VIEJA BRUJA

Uno de los protagonistas intenta escapar en una lancha y recibe un disparo. Al final de la aventura descubrimos que no ha sobrevivido, y que un cuervo se está comiendo uno de sus ojos. Suerte que le queda el otro.

## EN LOS PASILLOS DE LA LOCURA

Para poder alcanzar un final satisfactorio, es fundamental buscar pistas que ayuden a desentrañar el misterio del barco; muchas de ellas se esconden detrás de los cuadros que cuelgan de las paredes. En ocasiones, podrás defenderte o atacar a un enemigo gracias a los eventos de acción rápida, en los que se te concede un lapso de tiempo para apretar un botón o realizar una elección. Puede que no todos los personajes se comporten como héroes, pero descubrirás de lo que son capaces cuando se trate de vivir o morir. *Man of Medan* no es un juego complicado; es difícil que maten a todos tus personajes durante la partida, no obstante la mayoría de sus ocho finales penalizan el que no hayas ido escogiendo las opciones correctas.

Con una jugabilidad clara y sencilla, excelentes gráficos y soberbia ambientación —los estrechos pasillos del barco son increíbles—, estamos ante una aventura donde no faltan los grandes sustos, las presencias fantasmagóricas y los momentos gore. Quizá su escasa duración —unas cuatro horas— sea el mayor lastre que arrastra el herrumbroso buque, ya que cuando más emocionante se pone la historia, de pronto termina. Con todo, recomendable para fans del horror de supervivencia y habituales de las películas de terror en alta mar.

Man of medan se basa
en la leyenda del
SS Ourang Medan, un
barco fantasma que fue
encontrado a finales de
los años cuarenta con
toda su tripulación
fallecida en extrañas
circunstancias.

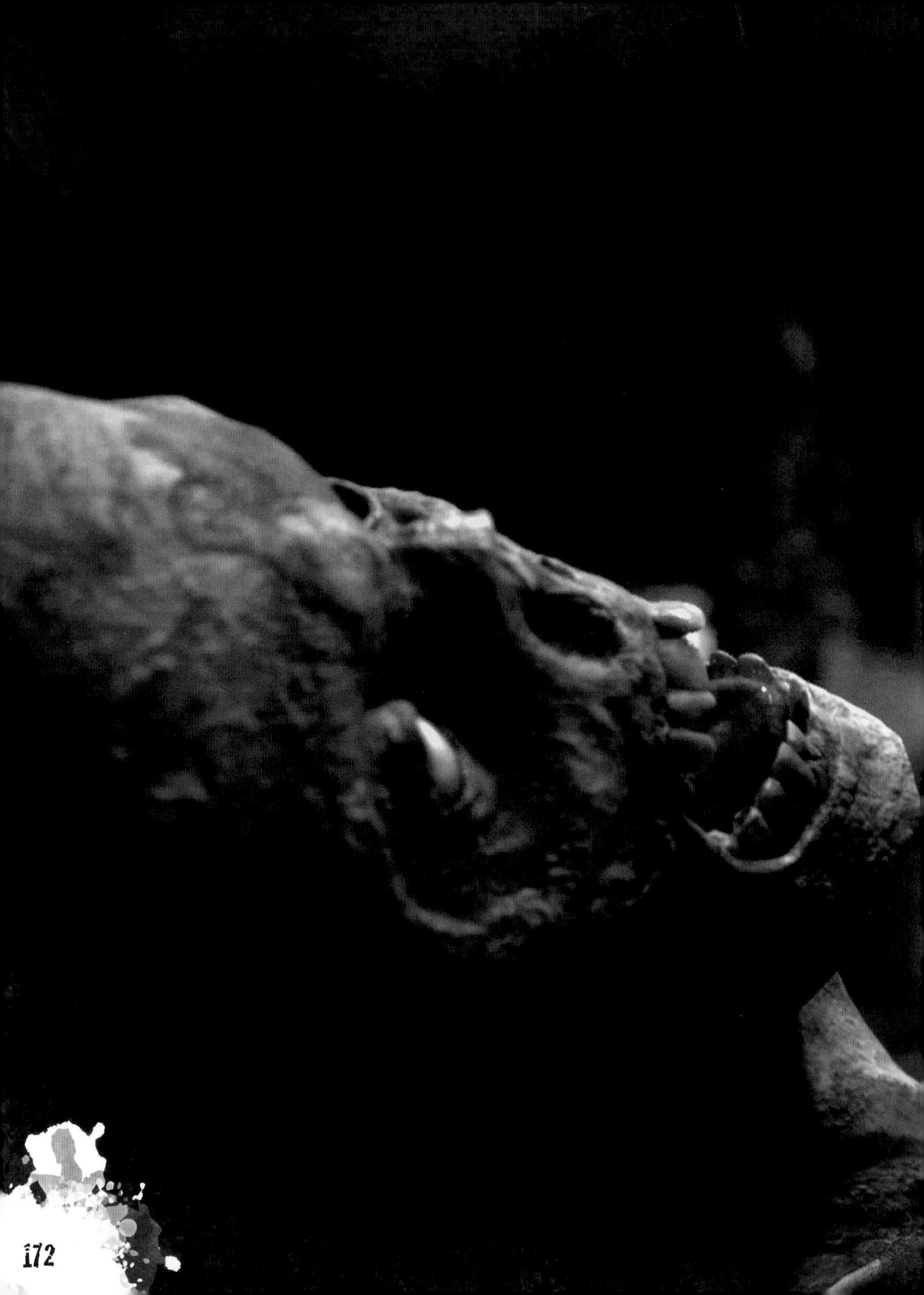

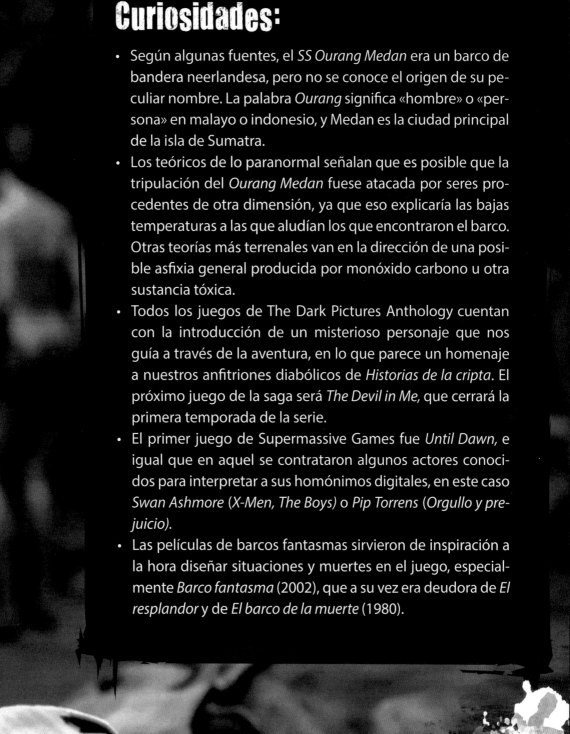

# Curiosidades:

- Según algunas fuentes, el *SS Ourang Medan* era un barco de bandera neerlandesa, pero no se conoce el origen de su peculiar nombre. La palabra *Ourang* significa «hombre» o «persona» en malayo o indonesio, y Medan es la ciudad principal de la isla de Sumatra.

- Los teóricos de lo paranormal señalan que es posible que la tripulación del *Ourang Medan* fuese atacada por seres procedentes de otra dimensión, ya que eso explicaría las bajas temperaturas a las que aludían los que encontraron el barco. Otras teorías más terrenales van en la dirección de una posible asfixia general producida por monóxido carbono u otra sustancia tóxica.

- Todos los juegos de The Dark Pictures Anthology cuentan con la introducción de un misterioso personaje que nos guía a través de la aventura, en lo que parece un homenaje a nuestros anfitriones diabólicos de *Historias de la cripta*. El próximo juego de la saga será *The Devil in Me,* que cerrará la primera temporada de la serie.

- El primer juego de Supermassive Games fue *Until Dawn,* e igual que en aquel se contrataron algunos actores conocidos para interpretar a sus homónimos digitales, en este caso *Swan Ashmore* (*X-Men, The Boys)* o *Pip Torrens* (*Orgullo y prejuicio).*

- Las películas de barcos fantasmas sirvieron de inspiración a la hora diseñar situaciones y muertes en el juego, especialmente *Barco fantasma* (2002), que a su vez era deudora de *El resplandor* y de *El barco de la muerte* (1980).

# LA MALDICIÓN DEL MORTZESTUS

## LOS PIRATAS FANTASMAS

**LIBRO**

*The Ghost Pirates*. 1909. Autor: William Hope Hodgson. **Editorial:** Valdemar. 277 páginas. **Género:** Terror. Fantasmas. Vida marítima.

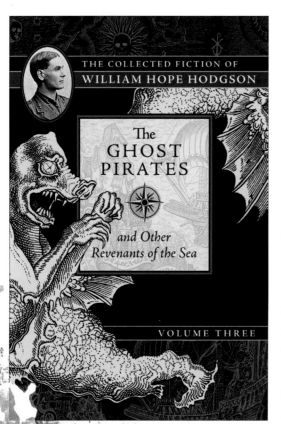

### MALA ESTRELLA

El *Mortzestus* es un barco mercante con muy mala fama. Los marineros y pescadores murmuran constantemente sobre sus continuas desgracias y accidentes. Más de uno asegura que es un navío embrujado. Cuando Jessup sube a bordo para trabajar, no cree en esas habladurías, pero no tarda en cambiar de opinión cuando, tras ser rodeados por una misteriosa niebla, en el barco empiezan a desaparecer marineros, y se ven unas extrañas sombras surgir de las profundidades del océano.

Si alguna vez te apetece leer un libro de terror marítimo y no sabes cuál elegir, no le des más vueltas: *Los piratas fantasmas* es la mejor novela de miedo con el mar como protagonista. Y nada de asustarse porque esté escrita en 1909, su narración es lo contrario de aburrida, y su lenguaje claro como las aguas que bañan el cabo de Hornos.

## ABORDAJE DE ULTRATUMBA

*Los piratas fantasmas* es una novela corta, intensa y apasionante. Su autor, William Hope Hodgson (1875-1918), había sido tripulante de barcos mercantes, y sabía reflejar a la perfección la vida en alta mar. La gran recreación del día a día de una embarcación permite que te sientas como un marino más del *Mortzestus* y, como no se nace sabiendo, igual que los polizontes aprendían sobre la marcha los términos náuticos, es recomendable que te agencies de un diccionario para consultar lo que es un trinquete o una driza. No hace falta estudiarse todas las partes de un barco, pero enriquece la lectura y te ayuda a situarte cuando empiezan a ocurrir los espeluznantes sucesos. Si adquieres la edición de Valdemar, en las últimas páginas encontrarás un glosario de términos náuticos muy completo.

El título del libro puede parecer muy gráfico, pero la historia es sutil, no hay muertes sanguinarias y la extraña amenaza que rodea el *Mortzestus* se va transformando en un asedio con grandes dosis de suspense y espantosas imágenes que desbordarán tu imaginación.

## LA MUERTE FAVORITA DEL GUARDIÁN DE LA CRIPTA

Dos espectros se suben a la espalda de un marinero, que corre con ellos encima antes de que le maten.

> Es un relato poderoso sobre un barco condenado y espectral.
>
> *-H. P. Lovecraft.*

## EL STEPHEN KING DE LOS MARES

Como se puede comprobar en toda su brillante bibliografía, William Hope Hodgson acabó odiando la vida del marinero. Dispuesto a reciclarse, en tierra firme comenzó a escribir sobre su experiencia, mostrando una habilidad pasmosa para crear atmósferas sobrenaturales en entornos marítimos, y aportó a la literatura fantástica una impresionante galería de monstruos, fantasmas y seres procedentes del fondo del océano. Publicó varias novelas y un montón de cuentos. Lástima que no se le reconociese hasta después de su fallecimiento —ocurrido durante la Primera Guerra Mundial—, cuando un joven H. P. Lovecraft y otros autores lo reivindicaron. Se puede decir que Hodgson es el "padre" del creador de los Mitos de Chuthlu, pues en sus historias se encuentra el germen del horror sobrenatural que cuenta con miles de fans hoy en día.

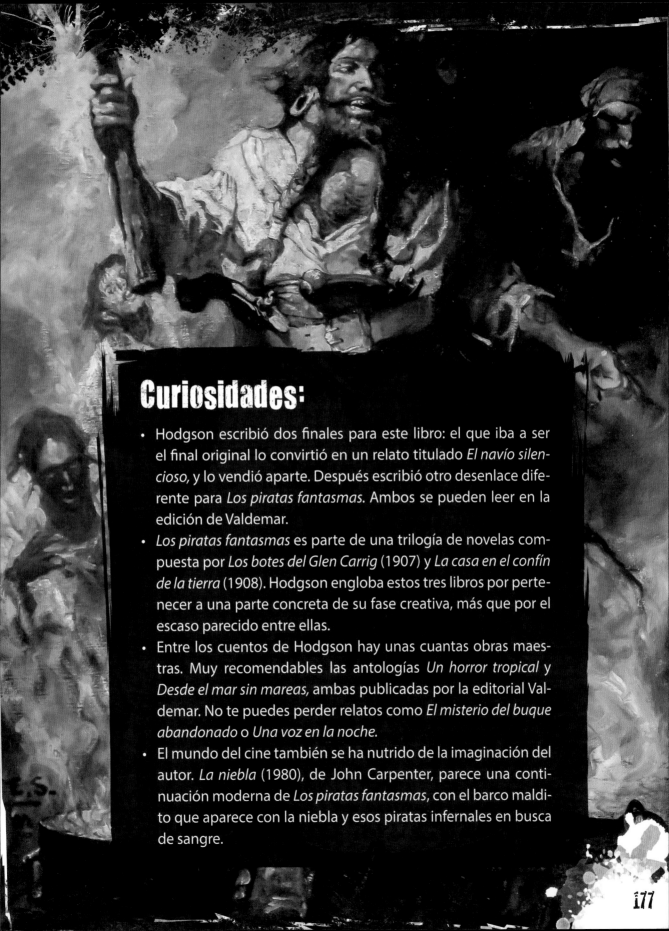

# Curiosidades:

- Hodgson escribió dos finales para este libro: el que iba a ser el final original lo convirtió en un relato titulado *El navío silencioso,* y lo vendió aparte. Después escribió otro desenlace diferente para *Los piratas fantasmas.* Ambos se pueden leer en la edición de Valdemar.
- *Los piratas fantasmas* es parte de una trilogía de novelas compuesta por *Los botes del Glen Carrig* (1907) y *La casa en el confín de la tierra* (1908). Hodgson engloba estos tres libros por pertenecer a una parte concreta de su fase creativa, más que por el escaso parecido entre ellas.
- Entre los cuentos de Hodgson hay unas cuantas obras maestras. Muy recomendables las antologías *Un horror tropical* y *Desde el mar sin mareas,* ambas publicadas por la editorial Valdemar. No te puedes perder relatos como *El misterio del buque abandonado* o *Una voz en la noche.*
- El mundo del cine también se ha nutrido de la imaginación del autor. *La niebla* (1980), de John Carpenter, parece una continuación moderna de *Los piratas fantasmas,* con el barco maldito que aparece con la niebla y esos piratas infernales en busca de sangre.

# LA MARINA REAL EN EL ÁRTICO

## THE TERROR (Primera temporada)

**LIBRO/SERIE**

*The Terror.* 2018. EE. UU. Basada en el libro de Dan Simmons. **Creadores:** Dave Kajganich, Max Borenstein, Alexander Woo. **Reparto:** Jared Harris, Ciaran Hinds, Tobias Menzies. **Género:** Terror. Supervivencia. Monstruos. **Plataforma:** AMC.

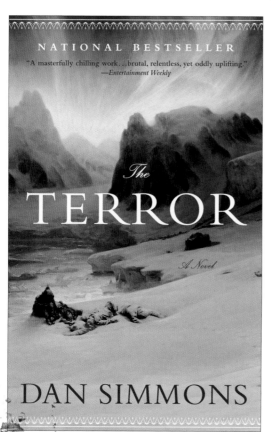

### EL TERROR

En 1847, el gobierno británico organiza una expedición al Ártico para encontrar el Paso del Noroeste, una ruta marítima que uniría el océano Atlántico con el Pacífico. Para tal empresa se botan dos barcos de la marina real, el *Erebus* y el *Terror*, con una tripulación de unos 130 hombres. Cerca del círculo polar, los dos barcos quedan bloqueados por el hielo y no tarda en cundir el pánico; casi al mismo tiempo, son atacados por un ser bestial que no parece de este mundo.

Basada en un *best seller* de Dan Simmons, *The Terror* se emitió en el canal AMC y constó de diez episodios; fue la primera parte de una serie de antología donde cada temporada trata de un tema distinto relacionado con el miedo.

## INSPIRADA EN UN HECHO REAL

El libro de Dan Simmons, y por tanto la serie, se inspiraron en un suceso que tuvo por nombre «la expedición fallida de Franklin»: en mayo de 1845 partieron de Inglaterra dos barcos de la marina británica bajo el mando del capitán John Franklin. Tres meses después desaparecían en medio del Ártico. Ante la insistencia de los familiares, casi tres años más tarde se enviaron varias expediciones en su búsqueda; descubrieron que los barcos se habían quedado atrapados en el hielo y que la tripulación murió a causa de numerosas enfermedades, entre ellas la ingesta de grandes cantidades de plomo que había en el interior de unas latas de comida mal soldadas. Los que se atrevieron a abandonar las embarcaciones en busca de auxilio fueron presa de las bajas temperaturas y fallecieron congelados. La serie cambia el desenlace de la historia y añade un componente terrorífico a la ya desgraciada peripecia de los dos navíos.

## LA MUERTE FAVORITA DE LA VIEJA BRUJA

El monstruo arrastra por el hielo a uno de los personajes principales, le arranca una pierna y lo lanza al interior de un pozo para que muera. Vaya manera de estropear una fuente de agua.

# MIEDO HELADO

Con esta serie se pasa mucho frío. La recreación del siglo XIX es de primera, y los efectos de maquillaje que simulan la progresiva congelación en la piel de los protagonistas te ponen los pelos como escarpias. Es una producción muy cuidada, la descripción de la vida en los barcos es realista, y los decorados y el vestuario son de diez. Los personajes resultan cercanos, y emociona el drama y la camaradería entre el capitán Francis Crozier (Jared Harris) y el comandante, interpretado por Tobias Menzies. Como en toda buena serie de barcos y supervivencia, no faltan los traidores, los motines (¡y el canibalismo!), provocados en parte por la desesperación y la codicia humana, y no tanto por esa criatura que nos hubiera gustado que saliera un poco más, pero que deja impresionantes y sangrientos momentos. *The Terror* no es una serie frenética, se toma su tiempo y puede hacerse un poco lenta en los primeros episodios. Tiene más de drama que de terror sobrenatural, sin embargo está tan excelentemente contada y su atmósfera es tan memorable, que se encuentra, con toda justicia, entre las series de terror de mayor calidad de la segunda década del 2000.

Los efectos de maquillaje que simulan la progresiva congelación en la piel de los protagonistas te ponen los pelos como escarpias.

# Curiosidades:

- No existen grandes diferencias entre el apasionante texto de Simmons y la serie, excepto el final, que en la serie se desvía bastante del libro, y en algunos detalles, como el hecho de que en la novela la mujer esquimal es muda y en la serie puede hablar.

- Para los miembros del reparto, lo más duro del rodaje no fue el frío ni las escenas de canibalismo, sino aprender el inuit, el idioma nativo de los esquimales.

- Afortunadamente, no se rodó en el Ártico, sino que montaron varios sets en Croacia y Budapest.

- Cuando regresaban de un rodaje en la isla de Pag (Croacia), a Jared Harris y Tobias Menzies les ocurrió una anécdota más que curiosa: «Recuerdo que había una puesta de sol preciosa —comenta Harris—, dos coches que venían en dirección contraria se quedaron mirando el espectáculo y chocaron de frente. Paramos la furgoneta y bajamos a ayudar porque había gente herida. El caso es que llevábamos el vestuario de la serie, el maquillaje de la sangre… En cuanto nos acercamos a hablarles en inglés, empezaron a gritar, porque creían que se habían muerto… ¡Y éramos sus antepasados que veníamos a por ellos!».

- La segunda temporada, *The Terror: Infamia*, se desarrolla en la Segunda Guerra Mundial, y trata sobre una comunidad nipona afincada en Estados Unidos que es llevada a un campo de concentración estadounidense tras los ataques a Pearl Harbor. Allí son víctimas de una maldición japonesa que se encarna en el cuerpo de una misteriosa joven.

- En 2014 se encontraron los restos del navío *Erebus,* y en 2016, los del *Terror,* ambos en buenas condiciones, pero cubiertos de vida marina. Gracias a este descubrimiento, es posible que algún día se conozcan todos los detalles sobre este desgraciado viaje al infierno.

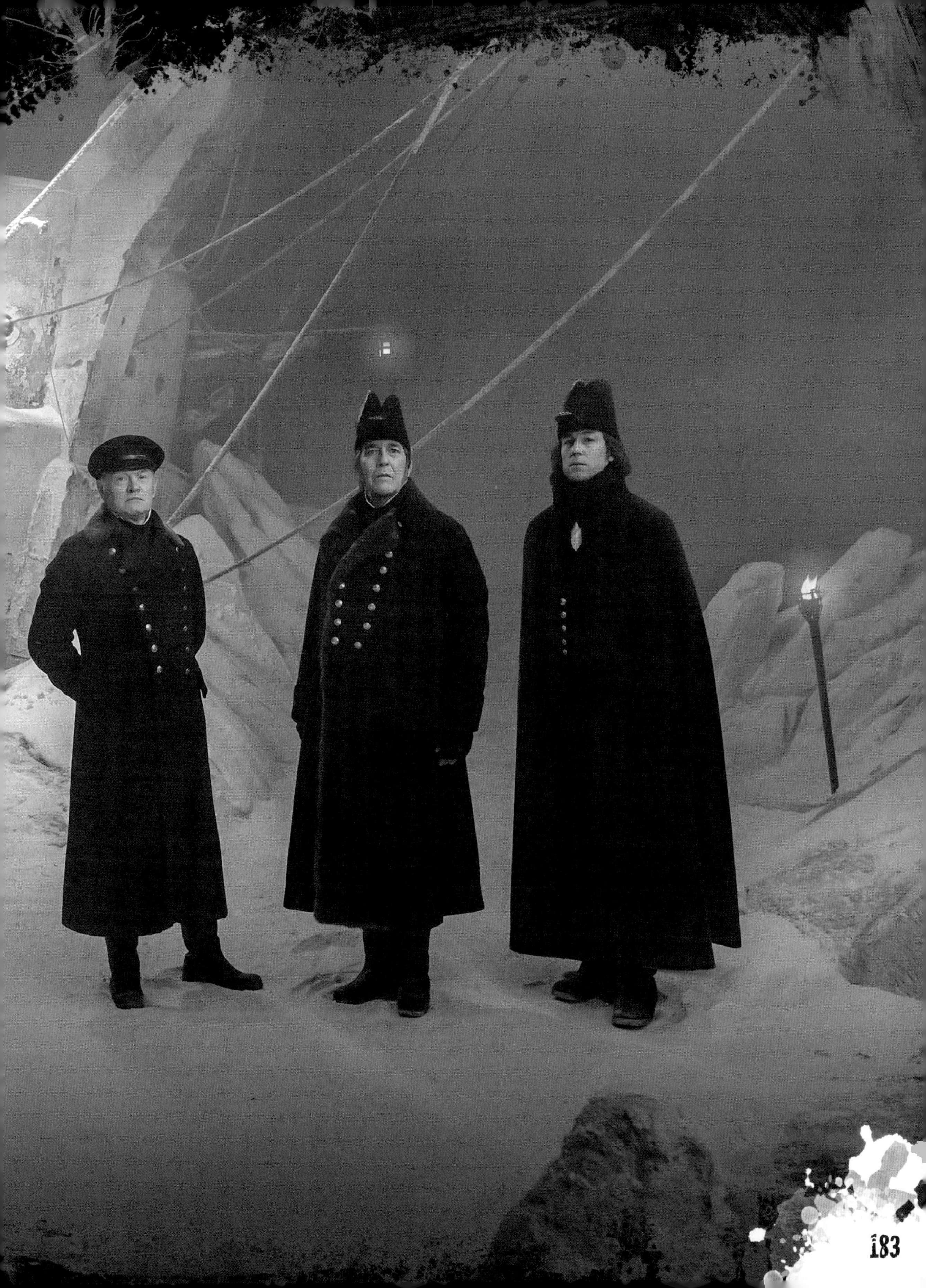

# BAJO EL SOL DE LA ISLA DE ALMANZORA

## ¿QUIÉN PUEDE MATAR A UN NIÑO?

### LIBRO/PELÍCULA

*¿Quién puede matar a un niño?* 1976. España. Basada en el libro de Juan José Plans. **Dirección:** Narciso Ibáñez Serrador. **Reparto:** Lewis Flander, Prunella Ransome, Antonio Iranzo. **Género:** Terror. Intriga. Thriller. 100 min.

## NIÑOS MALIGNOS

Tom y Evelyn es una pareja de turistas extranjeros que viaja de vacaciones a España, en concreto a la ficticia isla de Almanzora. Una vez allí, descubren que el lugar está desierto, los adultos parecen haber desaparecido y solo se cruzan con unos niños que se comportan de un modo peculiar. Lo que parece una circunstancia anecdótica se torna en una terrible inquietud cuando, incrédulos, ven como una niña ataca a un anciano hasta matarlo.

Basada en una novela de Juan José Plans, *¿Quién puede matar a un niño?* es algo más que un título de culto. Es la obra magna de su director, Narciso Ibáñez Serrador, y está en lo alto del podio de las principales películas de terror del cine español. Si siempre has pensado que *Los chicos del maíz* eran espeluznantes, espera a ver a estas tiernas criaturitas.

# RESPONDIENDO A LA PREGUNTA

El libro de Juan José Plans se publicó el mismo año que se rodó la película, así que te puedes hacer una idea de lo atento que estaba Chicho Ibañez Serrador al mercado literario. El realizador llevaba tiempo buscando una historia que estuviera relacionada con el lado oscuro de la infancia: «Yo adoro a los niños, pero precisamente por su inconsciencia, pueden rozar la crueldad». De hecho, ya había trabajado con críos perversos en su famosa serie *Historias para no dormir*, concretamente en *Los bulbos* y *La bodega*. En la novela no hay una explicación concreta al comportamiento criminal de los niños, si bien un profesor Premio Nobel de Medicina deja entrever que es la propia naturaleza la que utiliza a los infantes para vengarse de una humanidad que amenaza con aniquilar el planeta. Chicho tampoco quiso ser claro a la hora de dar respuestas —bueno, a la del título, sí—, y pareció inspirarse más en otro comentario del mismo personaje: «Quizás los niños, siempre víctimas inocentes de los odios de los mayores, se habían cansado. Y, unidos, estaban dispuestos a eliminar, a borrar de la faz de la tierra a cuantos no fueran ellos».

## LA MUERTE FAVORITA DEL GUARDIÁN DE LA CÁMARA

Un niño de no más de ocho años y armado con una pistola se dispone a matar a Evelyn; Tom reacciona disparando al crío y acabando con su vida ¡Bravo por la incorrección política!

## SANGRE AL SOL

Los niños de esta brutal película se mueven en grandes grupos, pero se desplazan como uno solo; hablan poco, ríen y cometen los actos más atroces como si todo formara parte de un juego. Chicho demuestra ser un director valiente: nadie hasta esa fecha se había atrevido a mostrar a unos menores aparentemente normales como un grupo homogéneo de homicidas, y menos haciendo las cosas que hacen en este filme.

A pesar de estar rodada a plena luz del día, *¿Quién puede matar a un niño?* posee la gran cualidad de ser horripilante y angustiosa; ayudado por una excelente fotografía, el director crea un ambiente opresivo y único, alternando escenas que parecen sacadas de *Los pájaros* de Hitchcock, con otras sangrientas y explícitas, como aquella donde los niños utilizan el cadáver de un hombre como piñata improvisada, o una realmente tremenda que sucede en un cuartel de policía. El reparto infantil no lo puede hacer mejor, y la pareja protagonista, desconocidos pero muy acertados, refleja en sus rostros la insoportable tensión que padecen durante todo el metraje.

Los niños de
esta brutal
película
se mueven
en grandes
grupos, pero
se desplazan
como uno solo.

# Curiosidades:

- Chicho declaró en más de una ocasión que no quiso hacer una película cargada de crítica social o un film de denuncia, y que solo pretendía inquietar al público. Vaya si lo consiguió.

- Aunque el realizador del programa *Un, dos, tres* descartó la naturaleza como detonante del ataque de los niños, se sirvió de la imagen de grupo amenazante que poseían *Los pájaros* de Hitchcock —y también los niños de *El pueblo de los malditos*— para trasladarla a su historia, y dar así un nuevo enfoque a los terrores infantiles.

- La película proporcionó buenos ingresos en taquilla, pero no llegó a las cotas de *La residencia* (1969), el anterior largometraje del director. Sin embargo, se distribuyó fuera de España y obtuvo reconocimiento internacional, a pesar de ser prohibida en varios países debido a su polémico contenido.

- El pueblo de Almanzora es en realidad Ciruelos, una villa a 43 kilómetros de Toledo, y los planos con mar se rodaron en Almuñécar (Granada), Fornells (Granada) y Sitges (Cataluña).

- Chicho contaba que, en cierta ocasión, conoció a Steven Spielberg al finalizar un festival de televisión. Chicho había obtenido un premio, y el director norteamericano, que ni siquiera había empezado a trabajar en la tele, estaba desconsolado por no haber ganado nada. Chicho se guardó su entusiasmo y prefirió animar a ese joven deprimido para que siguiera adelante. No volvieron a verse nunca más, pero, coincidencias de la vida, en las primeras secuencias de *¿Quién puede matar a un niño?* y *Tiburón* aparece un cadáver encontrado en una playa.

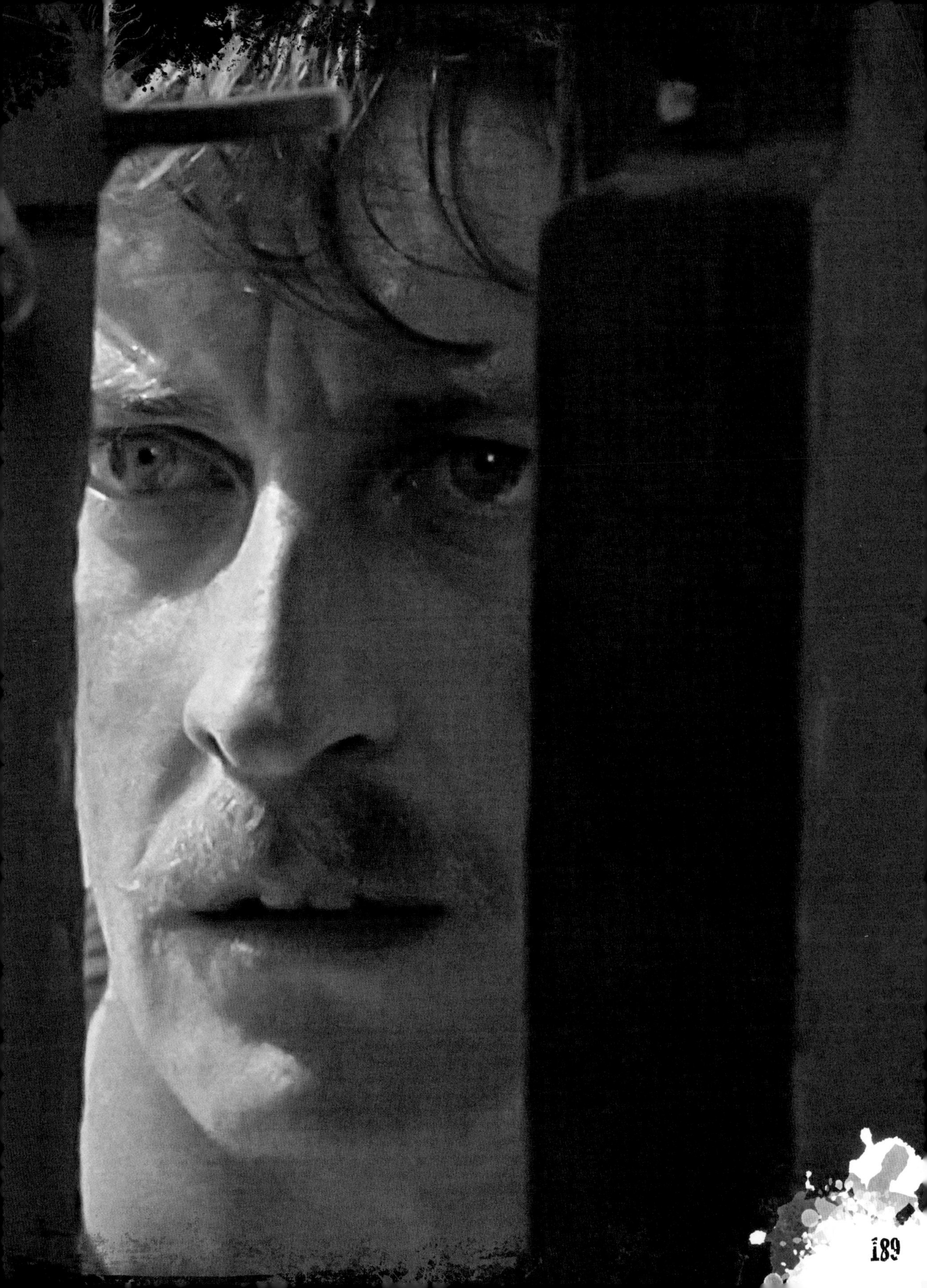

# MISA A MEDIANOCHE EN CROCKETT ISLAND

## MISA DE MEDIANOCHE

`MINISERIE`

*Midnight Mass.* 2021. EE. UU. **Creador:** Mike Flanagan. **Reparto:** Hamish Linklater, Kate Siegel, Zach Gilford. **Género:** Terror. Intriga. Sobrenatural. **Plataforma:** Netflix.

### HORROR SAGRADO

En la pequeña isla de Crockett la vida transcurre apacible y sin sobresaltos, por lo que la llegada de dos nuevos habitantes despierta el interés de todos. Uno de ellos es Riley, un traumatizado joven que ha pasado varios años en la cárcel por causar un accidente de tráfico en el que murió una chica. El otro es el padre Paul, el nuevo encargado de la parroquia, un hombre carismático determinado a despertar el fervor religioso entre sus feligreses. Coincidencia o no, en la isla empiezan a suceder una serie de sorprendentes milagros, junto con hallazgos macabros y alguna que otra desaparición. La escalada de acontecimientos no tarda en cegar a los que creen que todo ocurre por mandato divino.

*Misa de medianoche* fue una de las series más celebradas y comentadas durante 2021 en Netflix. No es una producción al uso, su ritmo cal-

mado y sus extenuantes diálogos no serán del gusto de quienes prefieren tres planos por segundo y cuatro muertos por minuto. Si lo que buscas, en cambio, es una historia diferente contada de manera distinta, toma asiento en uno de los bancos de madera y disfruta de la misa. En un año con pocas series de terror destacables, esta miniserie de siete episodios creada por el imprescindible Mike Flanagan sobresale como una pepita de oro gigante en lo alto de una montaña de estiércol.

## LA MUERTE FAVORITA DE LA VIEJA BRUJA

Uno de los protagonistas espera la salida del sol junto a una amiga y su cuerpo se reduce a cenizas ¡Eso por no usar protección!

## TRAUMAS BÍBLICOS

Para Flanagan, *Misa de medianoche* es su proyecto más personal. Estuvo once años imaginando cómo sería el guion, y lo fue variando a medida que él mismo cambiaba. La raíz de la historia tiene que ver con su pasado religioso. Desde pequeño Flanagan había sido católico practicante, y llevaba doce años de monaguillo cuando leyó la Biblia: «Me sorprendió, por primera vez comprendí que era un libro realmente extraño —indica el director—. ¡Había tantas ideas que nunca había escuchado en la iglesia, y la violencia del Dios del Antiguo Testamento es aterradora!». A partir de ahí, Flanagan se interesó por otras religiones, y, aunque terminó declinándose por el lado de la ciencia, no se quitó de la cabeza las consecuencias de practicar una religión mal entendida: «Estoy fascinado por cómo nuestras creencias dan forma a la manera en que nos tratamos. Mirando la política y el mundo de hoy, muchos de nosotros nos comportamos basándonos en la creencia de que Dios está de nuestro lado y que a Dios no le gustan las mismas personas que a nosotros». Pese a que la serie aborda el fanatismo desde el punto de vista de la religión católica, el argumento es válido para creyentes de cualquier creencia o ateos.

## MADE IN KING

Naturalmente, detrás de la cuestión religiosa también hay un relato de terror nada metafórico. Lo último del director de *La maldición de Hill House* renueva el tratamiento dado habitualmente a un subgénero en concreto, y quien conozca el libro o la serie de *El misterio de Salem´s Lot* sabrá por dónde va la cosa. Sus conexiones con el libro de Stephen King son evidentes, y hasta aquí puedo escribir sin estropear la trama. *Misa de medianoche* habla de jugosos temas: filosofía, religión, corrupción, intolerancia, redención… y a su vez ofrece un cuento de miedo que te va enganchando hasta que todo explota en los dos últimos episodios. Es curioso que a Flanagan le pase un poco lo mismo que a King en sus novelas: es mejor preparando un final que ejecutándolo. El último episodio es alucinante en el apartado visual, y quizá un poco torpe cuando los personajes deben pasar a la acción. De todos modos, es una miniserie de calidad, inquietante, con buenas interpretaciones —los malos ganan: soberbios Hamish Linklater y Samantha Sloyan—, técnicamente impecable, con algún susto y, sí, con sus buenas raciones de hemoglobina.

Pese a que la serie aborda el fanatismo desde el punto de vista de la religión católica, el argumento es válido para creyentes de cualquier creencia o ateos.

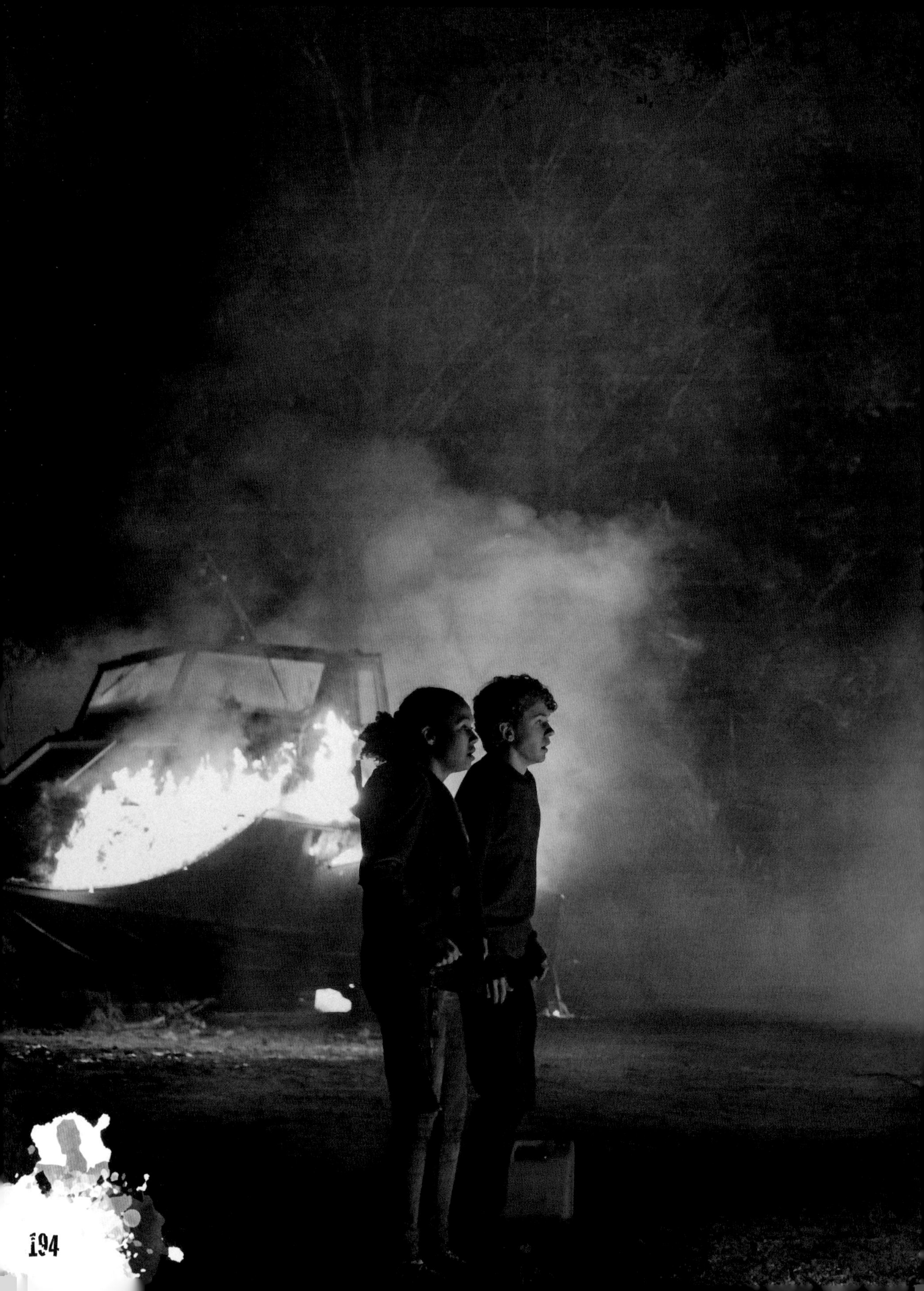

# Curiosidades:

- Igual que en *The Walking Dead* ningún personaje se refería a los muertos vivientes por la palabra «zombi», en *Misa de medianoche* nadie usa el término que define a las criaturas que pueblan la historia ¡Y nosotros tampoco lo haremos!

- Como Flanagan no escondió nunca la relación de la serie con la obra de Stephen King, Netflix contactó con el escritor y le envió los capítulos antes de su estreno. A diez días del lanzamiento, King tuiteó lo siguiente: «Mike Flanagan ha creado una historia de terror densa y bellamente fotografiada que llega a un alto nivel de horror en el séptimo y último episodio».

- La relación de Stephen King con el fundamentalismo religioso no es ningún secreto. Algunos de sus mejores personajes —la madre de Carrie o la señora Carmody de *La niebla*— se parecen mucho a la sibilina Bev Keane, a la que da vida Samantha Sloyan.

- El final de la serie dejó una incógnita para que cada espectador la interpretase a su manera, lo que hizo que las redes echasen humo durante semanas. Flanagan decidió salir al paso de tanto rumor y dio una explicación que quizá no era necesaria, porque tampoco acabó de satisfacer a muchos de ellos. Un artista no debería que tener que explicar su obra.

- Primero fue *La maldición de Hill House,* después *La maldición de Bly Manor,* y *Misa de medianoche* parecía el final de una «trilogía» en la que Flanagan reflexionó sobre el terror y los individuos en la sociedad moderna. Pero de eso nada, en 2022 regresa con dos series: *Midnight Club,* y la adaptación de *La caída de la casa Usher,* de Edgar Allan Poe.

# OTROS RINCONES
# DE PESADILLA

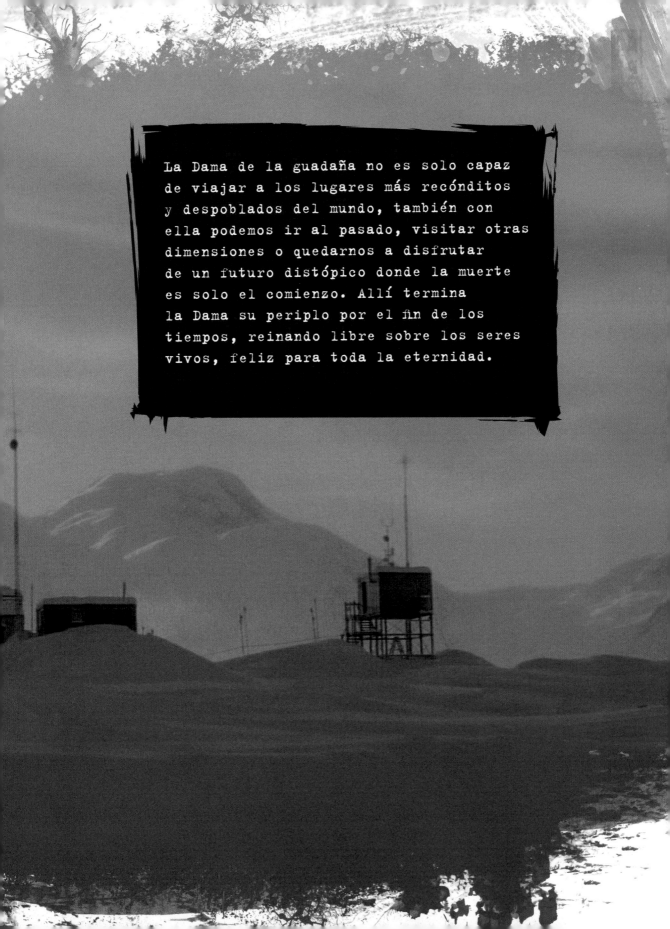

La Dama de la guadaña no es solo capaz de viajar a los lugares más recónditos y despoblados del mundo, también con ella podemos ir al pasado, visitar otras dimensiones o quedarnos a disfrutar de un futuro distópico donde la muerte es solo el comienzo. Allí termina la Dama su periplo por el fin de los tiempos, reinando libre sobre los seres vivos, feliz para toda la eternidad.

# UNA ESTACIÓN POLAR EN LA ANTÁRTIDA

## LA COSA

**PELÍCULAS/VIDEOJUEGO**

*The Thing.* 1982. EE. UU. **Dirección:** John Carpenter. **Reparto:** Kurt Russell, Keith David, Wilford Brimley. **Género:** Terror. Ciencia ficción. Remake. 105 min.

### UN ALIEN ENTRE NOSOTROS

En una estación polar de la Antártida, un equipo de investigadores descubre un ser procedente del espacio exterior. La criatura ha permanecido sepultada en la nieve durante miles de años, y tiene la capacidad de mutar y asumir la forma de cualquier ser vivo. Pronto, los investigadores se percatan de que el extraterrestre puede haber tomado la apariencia de uno de ellos.

*La cosa* adapta la novela breve *Who Goes There?,* de John W. Campbell Jr., de la que se rodó una primera versión en el año 51 bajo el título de *El enigma de otro mundo.* Aquella adaptación dirigida por Christian Nyby —cuentan las malas lenguas que Howard Hawks rodó muchas escenas—, no era muy fiel al original, pero todavía hoy resulta un prodigio de suspense y es todo un clásico de la ciencia ficción. De hecho, es una de las cintas favoritas de John Carpenter.

# EL MAESTRO COGE AL BICHO POR LOS TENTÁCULOS

John Carpenter es uno de los grandes nombres del género fantástico. Cuando contemplas uno de sus filmes, sabes que la historia va a ser original y que te mantendrá en vilo hasta un, casi siempre, inesperado desenlace. Para muchos, *La cosa* es su mejor película: conjuga con sabiduría el terror y la ciencia ficción, no se olvida de dar importancia a los personajes y, gracias a su dirección, consigue que nos adentremos por los pasillos de la estación polar mientras nos helamos de frío y sentimos que algo acecha a nuestro alrededor. El director nos obliga a preguntarnos continuamente sobre la identidad de los investigadores, ¿quién será La cosa? ¿habrá más de uno? Carpenter juega con nosotros hasta tal punto que te cuestionas si el protagonista —un inconmensurable Kurt Russell— también habrá sido suplantado. Y por si todo esto fuera poco, el filme cuenta con uno de los mejores finales de la historia del género: sutil, estremecedor, genial.

El filme cuenta con uno de los mejores finales de la historia del género: sutil, estremecedor, genial.

## EL SECRETO DE LA COSA

Otro de los logros de la cinta son sus impresionantes efectos especiales. Al principio, Carpenter vio un problema en esto; se negaba a enseñar un monstruo que pudiera mermar la capacidad de sugestión del espectador, pero no sabía cómo insinuar sin mostrar del todo a la criatura. La solución vino bajo el brazo de Rob Bottin, mago de los efectos especiales, que dijo lo siguiente: «El secreto de la película será que La cosa podrá parecer cualquier cosa; no se asemejará a una sola criatura, podrá imitar todo tipo de vida del Universo, pues ha viajado durante mucho tiempo por el espacio».

Dicho y hecho: Bottin sacó a relucir su desbordante imaginación, y a lo largo del metraje concibió una serie aberraciones deformes e híbridos —cómo olvidar esa masa amorfa de perros y tentáculos, o la cabeza con ojos de insecto y patas de araña—, que siguen siendo alucinantes, y que recuerdan las creaciones de H. P. Lovecraft. Por este motivo, se suele decir que La cosa es una adaptación libre de En las montañas de la locura.

## MI CASAAA TUVO LA CULPA

La mala fortuna hizo que el estreno de *La cosa* coincidiera en cartel con *E.T., el extraterrestre*, la arrolladora producción de Steven Spielberg. Mientras el alien cabezón hacía llorar a millones de espectadores, el público y la prensa dieron la espalda a la película protagonizada por Kurt Russell. La crítica especializada fue especialmente dura, tildando el filme de aburrido, tonto, vacío y lleno de repugnantes efectos especiales.

El fracaso comercial fue de tal magnitud que estuvo a punto de hundir la carrera de Carpenter, que pasó un año en el dique seco hasta que le ofrecieron la oportunidad de dirigir *Christine*, adaptación de una novela de Stephen King.

Con el paso de los años, la percepción del público y los medios cambió, y en la actualidad *La cosa* está considerada una obra maestra del género.

## LA MUERTE FAVORITA DEL GUARDIÁN DE LA CÁMARA

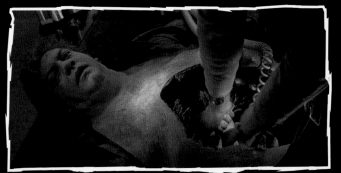

El doctor Cooper intenta usar un desfibrilador con un compañero, pero el pecho del paciente se abre como si fuera una boca gigante con dientes y corta los brazos del médico ¡Qué dolor!

## UNA PRECUELA DECEPCIONANTE

En 2011 se rodó el inevitable *remake*, con un director poco conocido (Matthijs van Heijningen Jr.), y muchas dudas entre los fans. En realidad, se trata de una precuela, que comienza cuando un equipo científico noruego encuentra la nave extraterrestre que porta a nuestro multiforme amigo, y su final enlaza con el inicio de la película de Carpenter.

El problema de esta entretenida *monster movie* es que calca el esquema de la original, copiando escenas con todo el descaro del mundo. Otra pega es

que buena parte de los efectos especiales son realizados por ordenador, y no dan la misma sensación de fisicidad que los fabricados por Rob Bottin. Si se pasan por alto estos inconvenientes —o en caso de no haber visto la versión de 1982— resulta una cinta distraída y competente, sobre todo si te vas fijando en las continuas referencias y guiños al filme clásico. Por lo demás, se nota que hay una cuidada ambientación, la historia va al grano, y Mary Elizabeth Winstead, Joel Edgerton y el reparto noruego ponen ganas en el empeño.

## LA SECUELA ES UN VIDEOJUEGO

Durante años se habló de rodar una secuela, pero lo más parecido que existe es un videojuego desarrollado en 2002 por la empresa Computer Artworks, distribuido por Konami para PlayStation 2 y PC, y avalado por el mismo Carpenter. El juego pertenece al género de disparos en tercera persona —o *shooter*—, si bien tiene componentes de «horror de supervivencia» —o *survival horror*—. La historia arranca con la llegada de un helicóptero a la estación polar destruida al final de la película; en su interior viaja el capitán Blake y un equipo de expertos enviado para descubrir qué ha sucedido.

Es un juego notable y muy variado —se pueden a manejar cuatro personajes o cambiar el punto de vista de tercera a primera persona—, es respetuoso con la película, tiene buenos gráficos para la época, mucha atmósfera y hay numerosos bichos a los que aniquilar Si hasta Carpenter hace un cameo!

# Curiosidades:

- El irrepetible Ennio Morricone compuso la banda sonora emulando el estilo musical de John Carpenter.
- Rob Bottin creó los efectos de esta película con solo 22 años. Fue pionero de los *animatronics* y sus fascinantes monstruos eran una mezcla de resinas y siliconas.
- Durante el rodaje hubo una lucha permanente entre Rob Bottin y Dean Cundey, el director de fotografía habitual de Carpenter. Bottin quería que sus monstruos fueran iluminados, mientras Cundey prefería mantenerlos en las sombras. La película se benefició de estas dos posturas.
- Carpenter tuvo en sus manos el guion de *E.T.*, pero acabó optando por el lado oscuro del espacio.
- El llamativo sombrero de cowboy que lleva Kurt Russell fue idea suya. Como era la estrella principal, quiso distinguirse del resto de los actores, y desde luego consiguió su objetivo.
- En 1973, la cadena norteamericana ABC emitió el telefilme *Una noche fría de muerte*, una producción de terror en la que dos investigadores viajan a una estación polar para relevar a un compañero. Cuando llegan al lugar, el hombre está congelado y un peligro desconocido se esconde por los pasillos; incluso los propios investigadores sospechan el uno del otro ¿te suena de algo? Pues no te la pierdas, es una gran *tv movie*.

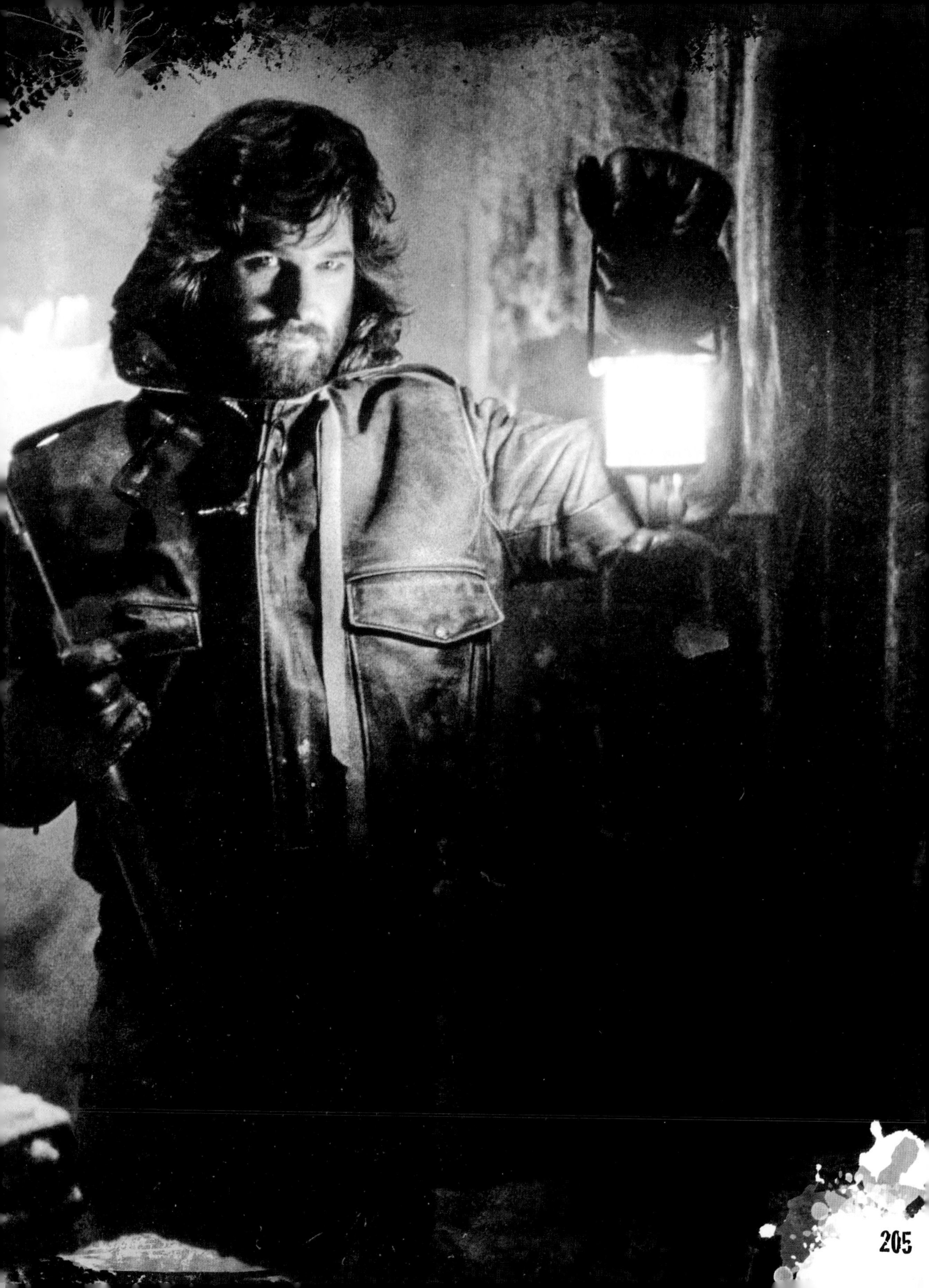

## 30 DÍAS DE NOCHE

**CÓMIC/PELÍCULA**

*30 Days of Night.* 2002. EE. UU. **Guion:** Steve Niles. **Dibujo:** Ben Templesmith. **Editorial:** IDW Publishing. **Género:** Vampiros. Gore.

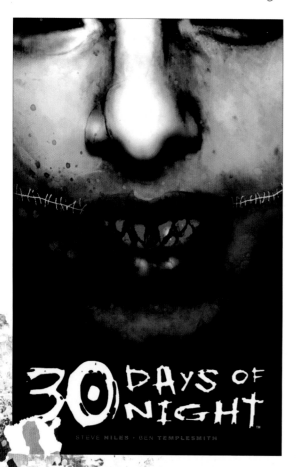

### LA NOCHE ETERNA

Barrow es un tranquilo y aislado pueblo de Alaska donde, cada invierno, el sol se pone un día para no volver a surgir hasta un mes más tarde. Un largo periodo de 30 noches, ideal para que una manada de vampiros pueda darse un banquete con todos los habitantes del lugar. Un grupo de supervivientes, comandados por el sheriff y su mujer, intentarán luchar contra la horda de chupasangres.

El éxito de *30 días de noche* (2002) se basa en la sencillez de su argumento y en un dibujo realista que te sumerge en la historia hasta la última página. Fue el inicio de una trilogía de cómics, numerosos *spin-offs,* seis novelas, una buena película y una secuela poco recomendable.

### CRUCE DE CLÁSICOS

Nieve, terror y vampiros en un entorno rural, ¿qué películas te vienen a la cabeza? El guionista

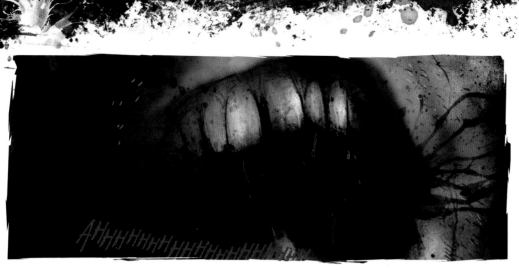

Steve Niles no esconde sus influencias, primero de *El misterio de Salem´s Lot* —tanto del libro como de la miniserie—, y luego de otros clásicos como *La cosa* y *La noche de los muertos vivientes*: «Me encantan las películas en las que la gente está aislada y es atacada». El cómic no se anda por las ramas: se pone el sol, llegan los vampiros y comienza la masacre. Estos no muertos son fieros, como animales salvajes. Tienen los ojos negros, la boca llena de dientes afilados y podrían ser un cruce entre los vampiros de *Blade* y los infectados de *28 días después*, pues solo con un arañazo te conviertes en vampiro: «Ben y yo estuvimos de acuerdo cuando comenzamos que queríamos vampiros diferentes –comenta Niles–. En mi primera descripción los llamé "Tiburones terrestres", y Ben corrió con esa idea. Los hizo viciosos y elegantes al mismo tiempo». El dibujante Ben Templesmith se encarga de otorgarles un aspecto amenazante y de introducirlos en viñetas que son auténticos cuadros de horror. El artista utiliza una técnica pictórica que bebe de ilustradores como Ashley Wood o Ralph Steadman, y que proporciona a sus trabajos un tono personal inconfundible.

## LA MUERTE FAVORITA DEL GUARDIÁN DE LA CRIPTA

El vampiro jefe arranca la cabeza a uno de sus lacayos y después la revienta de un pisotón, mientras una niña chupasangre suelta un «ji, ji».

## SANGRE EN LA NIEVE

*30 días de noche* es un tebeo lleno de momentos gore y líquido rojo. Los supervivientes al primer ataque de las criaturas deciden hacerles frente con todo tipo de armas, y la sangre se escapa a borbotones del cómic antes de que llegue un giro final conmovedor y sorprendente. Las últimas viñetas son para enmarcar, y redondea un tomo que no puede faltar en tu estantería si eres seguidor o seguidora del terror.

La continuación se tituló *30 días de noche: Días de oscuridad* (2004) y trasladaba la acción a Los Ángeles para seguir los pasos de Stella Olemaun, superviviente de la matanza de Barrow. La trilogía se cerró con *30 días de noche: Regreso a Barrow* (2004), donde los vampiros vuelven al pueblo con sed de venganza. De las historias paralelas que vinieron después destaca la entretenida *30 días de noche: Nieve roja* (2010); escrita e ilustrada por Templesmith, la acción transcurre en la Segunda Guerra Mundial, cuando un ataque vampírico en una región inhóspita obliga a unirse a un grupo de soldados británicos, rusos y alemanes.

## SABOR A SERIE B

En 2007 el reputado director y productor Sam Raimi se puso a los mandos de la adaptación cinematográfica, dirigida por David Slade. La cinta traslada con rigor el cómic, que ya de por sí era muy visual.

A pesar de su buena factura técnica y un reparto conocido, con Josh Hartnett y Melissa George a la cabeza, el mejor halago que se puede hacer de la película es que tiene una clara vocación de serie B, con muchos sustos, violencia y hemoglobina. *30 días de oscuridad* no vende nada nuevo, pero con eso le basta. Sirve para pasar un buen rato y probablemente se quede en tu cabeza el fiero jefe de los vampiros, magníficamente interpretado por Danny Huston.

En 2010 se estrenó una secuela, *30 días de oscuridad: Tinieblas*, que adaptaba *Días oscuros*. Era fiel al cómic, pero fue una producción directa a vídeo hecha con pocos medios y escasa imaginación, bastante tediosa y anodina.

El cómic no se anda por las ramas: se pone el sol, llegan los vampiros y comienza la matanza.

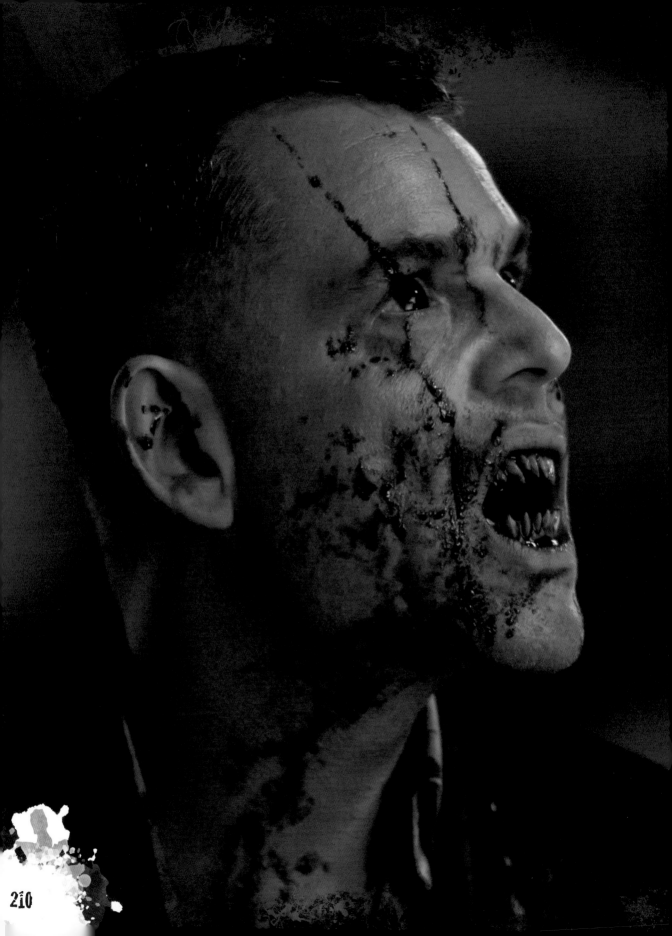

# Curiosidades:

- El pueblo se llama Barrow en homenaje a Kurt Barlow, el malvado vampiro de *El misterio de Salem´s Lot*.
- En el cómic, el vampiro jefe llega a Barrow para impedir la masacre, pues tal suceso llamaría la atención sobre su raza y ellos prefieren pasar inadvertidos; en la película sucede lo contrario: es el vampiro jefe el que comanda al grupo de vampiros que ataca el pueblo.
- Paradójicamente, la mayor parte del filme se rodó de día. El efecto de oscuridad se creó digitalmente y no se aprecia el cambio en ningún momento.
- En la película, los vampiros se comunican entre sí en un dialecto desconocido. Para tal efecto, se contrató a un profesor de lingüística que inventó una lengua basada en sonidos de animales.
- Para el rodaje no se escatimó en gastos, y se hicieron con 4.000 litros de sangre (artificial), cinco toneladas de gas propano para las explosiones y 280 toneladas de nieve.

# DESIERTO CARNÍVORO

## TEMBLORES

*Tremors.* 1990. EE. UU. **Dirección:** Ron Underwood. **Reparto:** Kevin Bacon, Fred Ward, Finn Carter. **Género:** Terror. Monstruos. Ciencia ficción. 96 min.

### LA RESPUESTA ESTÁ BAJO TIERRA

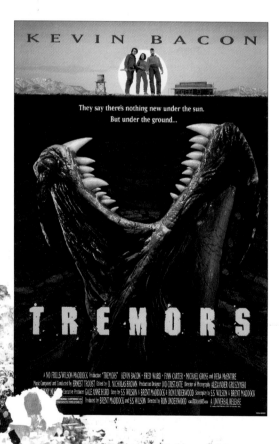

La paz de un pequeño pueblo llamado Perfección es alterada cuando unos trabajadores encuentran a dos vecinos muertos en extrañas circunstancias. Pronto, los habitantes de la localidad comprueban que bajo la arena del desierto reptan unos mortíferos gusanos gigantes que no se lo piensan dos veces a la hora de salir de sus escondrijos para matar gente.

*Temblores* es una entrañable serie B con aroma a los años cincuenta; el sencillo planteamiento no juega en su contra, y es divertida, adrenalínica y tiene mucho suspense. A unos asombrosos efectos especiales y un gran diseño de las criaturas, se une el carisma de la pareja protagonista —unos magníficos Kevin Bacon y Fred Ward—, que posee mucha química y que están estupendamente acompañados por unos estrafalarios vecinos interpretados por actores como Michael Gross o Victor Wong. La gran aceptación de la película ha generado —de momento— seis secuelas y una serie de televisión.

## MONSTRUOS AL SOL

Se pueden contar con los dedos de una mano las películas de terror que asustan a plena luz del día. La oscuridad es una excelente herramienta para provocar miedo, y solo unos pocos se han atrevido a salir de esa zona de confort. *Los pájaros* o *Tiburón* son buenos ejemplos de producciones que inquietan sin necesidad de recurrir a noches de tormenta. *Temblores* vendría a ser una variante del filme de Spielberg, cambiando el agua del mar por la ardiente tierra del desierto. El director, Ron Underwood, logra ese efecto de peligro inminente que tanto gusta al espectador del género: «Una de las cosas más aterradoras es que podrías estar fuera, a la luz del día, y no sabes de dónde vienen los monstruos, ya que están bajo tierra —advierte Underwood—, eso también fue muy útil para el presupuesto, así no teníamos que verlos todo el tiempo». La falta de dinero obligaba a usar la imaginación, y Underwood alcanza grandes logros con pocos medios, como se puede comprobar en la inolvidable escena de la niña con el saltador o en la secuencia donde un coche es tragado por uno de los gusanos y vemos la luz de los faros apuntando al cielo nocturno.

## LA MUERTE FAVORITA DE LA VIEJA BRUJA

En la primera parte, un enorme graboide atraviesa el suelo de la tienda donde se refugian los protagonistas y se traga al dueño, sin que los demás puedan hacer nada para salvarlo.

## LA ERA DE LOS GRABOIDES

Estos gusanos gigantes son ciegos, se guían por el sonido y reciben el nombre de *graboids*, aunque en la versión doblada al castellano los denominaron «dragoides»; en las secuelas se corrigió y pasaron a llamarse «graboides». La idea original de estas criaturas partió del guionista S. S. Wilson, que imaginó cómo sería una criatura que pudiera moverse como un pez bajo la arena, y junto a su compañero, Brent Maddock, ofrecieron a Underwood el argumento de la historia. Para el director fue fácil encajar este planteamiento, porque estaba enamorado del cine de los cincuenta y de las *monster movies* que nacieron a partir de la era atómica, cuando se pensaba que las fuentes de energía del futuro serían nucleares y la gente tenía miedo a los posibles efectos de este nuevo recurso. El director quiso recuperar ese temor colectivo plasmado en películas de seres creados a partir de energía atómica, como las hormigas gigantes de *La humanidad en peligro* (1954) o la masa devoradora de *The Blob* (1958). Estas enormes criaturitas podrían pertenecen a la misma familia de los graboides, cuyo parecido físico, sin embargo, recuerda a los gusanos de arena de la película *Dune* (1984). También

sirvieron de inspiración bichejos como el Aka Allghoi Khorhoi —un gusano gigante perteneciente a la mitología del desierto del Gobi—, o los Chthonian, unas larvas titánicas que aparecían en los Mitos de Cthulhu de H. P. Lovecraft.

En las continuaciones de *Temblores* fuimos conociendo las distintas etapas evolutivas de los graboides: los graboides de tierra, los chillones —evolución bípeda—, y el lanza pedos, un graboide alado que para volar coge impulso tirándose… ¡Pedos de fuego!

## SECUELAS A BORBOTONES

Con el paso de los años, la saga de *Temblores* ha ido sumando una masa de adeptos que son verdaderos eruditos en graboides. Y eso pese a que, a partir de la segunda entrega, las películas no llegaron a los cines y se distribuyeron directamente en vídeo. *Temblores 2: La respuesta* (1996), seguía el tono de la primera parte, ya sin Kevin Bacon, pero con Fred Ward y Michael Gross —el tipo experto en armas—, combatiendo a los gusanos. A partir de la floja *Temblores 3: Regreso a Perfección* (2001), Gross sería el protagonista de la saga, y el terror dejó definitivamente paso al humor y la acción. La entretenida *Temblores IV: Comienza la leyenda* (2004) es una precuela en el Lejano Oeste, y *Temblores V: El legado* (2015), un intento de revitalizar la saga cambiando Perfección por Sudáfrica y dando a Gross un nuevo compañero de fatigas (¿su hijo?), encarnado por el actor Jamie Kennedy. *Temblores VI: Un día en el infierno* (2018) es una continuación natural de la anterior, pero cambiando el escenario a Canadá, y *Tremors: Shrieker Island* (2020) lleva a los gusanos gigantes a las islas Salomón (Oceanía), y supone el adiós de Gross a la franquicia.

Con el paso de los años, la saga de temblores ha ido sumando una masa de adeptos que son verdaderos eruditos en graboides.

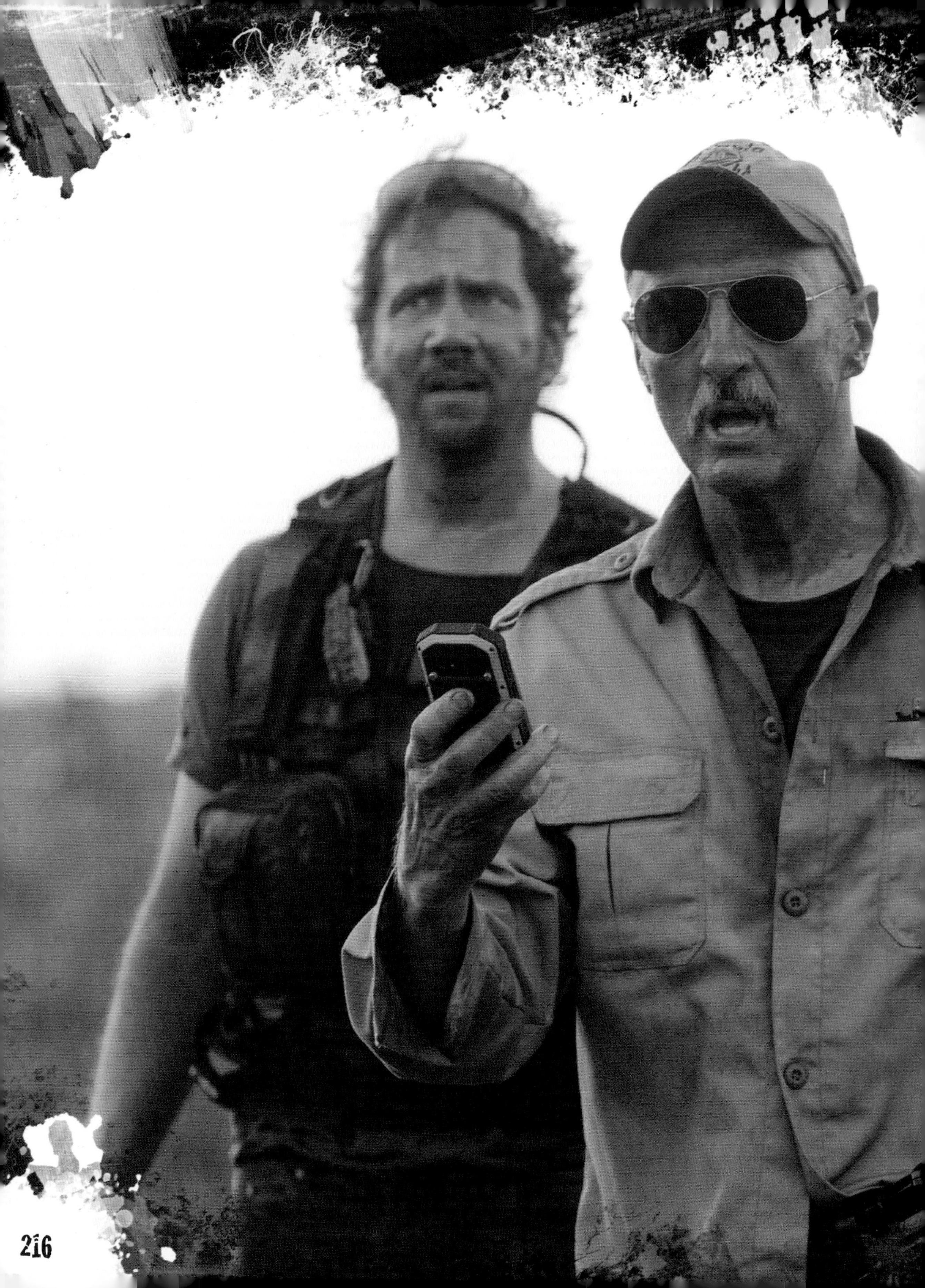

# Curiosidades:

- En 2003 se rodó una serie de televisión que resultó un fiasco y solo duró trece episodios. La sorpresa saltó en 2017, cuando el actor Kevin Bacon afirmó que se haría una nueva serie que continuaría con las aventuras del personaje al que dio vida en la primera parte. El episodio piloto se rodó en 2018 y fue dirigido por el reputado Vincenzo Natali (*Cube*), pero después la cadena Syfy decidió, de forma inexplicable, no seguir adelante con la serie.

- Los guionistas de la primera parte, S. S Wilson y Brent Maddock, siguieron guionizando y dirigiendo las secuelas hasta la cuarta parte. Wilson dirigió la segunda y la cuarta, y Maddock la tercera.

- Los graboides iban a ser monstruos completamente secos y no babosos como se ven en el filme. Esto fue variando cuando se dieron cuenta de que el efecto de la pintura brillando los hacía parecer cubiertos de esmalte.

- En un principio, los técnicos de efectos pensaron que los graboides podrían poseer un caparazón exterior para viajar bajo tierra, de tal forma que al salir a la superficie este se retraería para revelar al gusano del interior. No tardó el equipo de efectos en darse cuenta de que estos gusanos tendrían un gran parecido a un prepucio, y optaron por desechar la idea.

- Mientras escribía el guion, Brent Maddock imaginó el personaje de Burt Gummer (Kevin Bacon) siendo interpretado por Chuck Norris o Clint Eastwood.

- El set del pueblo de Perfección tardó en construirse dos meses.

# PLAGA ZOMBI EN LA COREA DEL SIGLO XVII

## KINGDOM

### SERIE

*Kingdom.* 2019-Actualidad. Corea del Sur. **Creadores:** Kim Eun-hee, Yang Kyung-Il. **Reparto:** Ju Ji-hun, Doona Bae, Ryu Seung-ryong. **Género:** Terror. Zombis. Epidemia. **Plataforma:** Netflix.

## PANDEMIA ZOMBI

Corea del sur, siglo XVII. Durante la dinastía Joseon, el príncipe heredero Lee Chang destapa una conspiración urdida por su tío para llegar al trono. Ante la imposibilidad de poder ver a su padre —del que dicen está aislado por una grave enfermedad— Chang se dirige a un pequeño pueblo para hablar con el médico que lo trató. Allí se topa con una misteriosa e incontrolable epidemia que convierte a sus habitantes en zombis sedientos de sangre. Pronto, todo el reino se hallará bajo el asedio de los muertos vivientes.

Si la primera temporada de *Kingdom* se hubiera emitido en 2020, muchos la habrían tachado de oportunista, dada su premisa sobre una epidemia infecciosa y letal. Pero esta magnífica producción surcoreana es de 2019, y es una muestra más de aquel dicho que asegura que la realidad supera ampliamente a la ficción.

# TREN A BUSAN VS JUEGO DE TRONOS

Si viste el tráiler antes que la serie, seguro que se te hizo la boca agua. ¡Un apocalipsis zombi en la era de los samuráis! Lo mejor de todo es que los seis episodios de la primera temporada —más los seis de la segunda— cumplen el *hype* de sobra, regalándonos una aventura impresionante a todos los niveles. La serie alterna las tramas palaciegas —de conspiraciones y traiciones—,

con la acción y el terror de cualquier gran superproducción actual, por lo que se puede afirmar que *Kingdom* es un *Juego de tronos* a la coreana con los zombis de *Tren a Busan*. Sorprende lo original de la explicación sobre el origen de la epidemia zombi —que no destriparemos aquí—, dándole a la historia un enfoque paranormal sumamente interesante, o lo bien que se van desentrañando los misterios alrededor del malvado clan Haewon Cho, tan terribles o más que los propios zombis. En el bando de los buenos destaca la química entre el príncipe heredero y su siervo, Moo Young —mantienen unas divertidas conversaciones que relajan la tensión de los acontecimientos—, y la bondad y perseverancia de Seo Bi, la enfermera que busca desentrañar el misterio que hay detrás de la epidemia.

# LA MUERTE FAVORITA DEL GUARDIÁN DE LA CÁMARA

Un valiente personaje se sacrifica encadenándose a la entrada de un pasadizo para que los zombis no puedan llegar a una población cercana. Los muertos vivientes se amontonan sobre él y lo terminan devorando mientras se hace el harakiri.

## ZOMBIS HORMIGA

Pero vayamos al grano: en una serie de zombis queremos ver zombis, y en *Kingdom* los hay a patadas desde el primer episodio. No son los cadáveres pútridos de *The Walking Dead,* ya que la mayoría están recién muertos a causa de la epidemia, pero su aspecto y fiereza no tienen nada que envidiar a los infectados de *28 días después* o a los zombis de *Tren a Busan,* con los que también comparten contracciones espasmódicas y esa forma de moverse amontonándose unos encima de otros como si fueran hormigas, algo que ya vimos en *Guerra Mundial Z*. Las secuencias de lucha son tremendas, y los encuentros con los zombis se hacen cada vez más épicos y salvajes, hasta el punto de que hay episodios donde los personajes acaban bañados en sangre. Eso sí, el desenlace de la primera temporada te deja con la miel en los labios, justo al inicio de una gran batalla que está punto de producirse en varios frentes. El primer episodio de la segunda temporada cumple con las expectativas, sorprendiendo con un giro inesperado que hará que la amenaza zombi empeore, dando lugar a momentos de mucha tensión. En los episodios finales se resuelven los cabos sueltos que tienen que ver con el rey, y asistimos al angustioso enfrentamiento final contra la plaga de muertos vivientes en un taquicárdico episodio que guarda parecidos con una de las batallas de *Juego de tronos*. Pero el asunto no acaba ahí, ya que hay un epílogo con una nueva vuelta de tuerca y la intención de que *Kingdom* volverá en una tercera temporada.

Una serie altamente recomendable.

Se puede afirmar que *Kingdom* es un *Juego de tronos* a la coreana con los zombis de *Tren a Busan*.

# Curiosidades:

- La serie adapta una web cómic titulada *The Kingdom of the Gods*, escrita por Kim Eun-hee y dibujada por Yang Kyung-il. La idea partió de una serie de documentos reales que la guionista encontró, y que hablaban de una extraña enfermedad que mató a miles de personas durante el siglo XIX en Corea del Sur.
- *Kingdom* tuvo muchos problemas durante su producción, con continuos retrasos y accidentes en el rodaje que causaron contusiones, fracturas de tobillo y quemaduras.
- Los directores Kim Seong-hoon y Park in-je, quisieron vender la serie a la televisión coreana, pero ninguna cadena aceptó porque decían que era una producción demasiado violenta. Finalmente, Netflix compró los derechos de emisión.
- Netflix tiró la casa por la ventana y gastó más de 1,7 millones de dólares por cada uno de los doce episodios. No todo el gasto fue a parar a los efectos especiales o a la contratación de extras; la fotografía y el diseño de vestuario son alucinantes, y lo mismo se puede decir de la ambientación de exteriores e interiores.
- Dongnae, la ciudad donde la plaga zombi surge por primera vez en la serie, era el primer nombre que recibió la actual ciudad de Busan, en lo que podría ser una conexión más con la famosa cinta de zombis.
- En 2021, Netflix estrenó *Kingdom: La historia de Ashin,* un episodio especial centrado en los orígenes de uno de los personajes clave de la tercera temporada, si bien es prescindible y no está al mismo nivel de la serie.

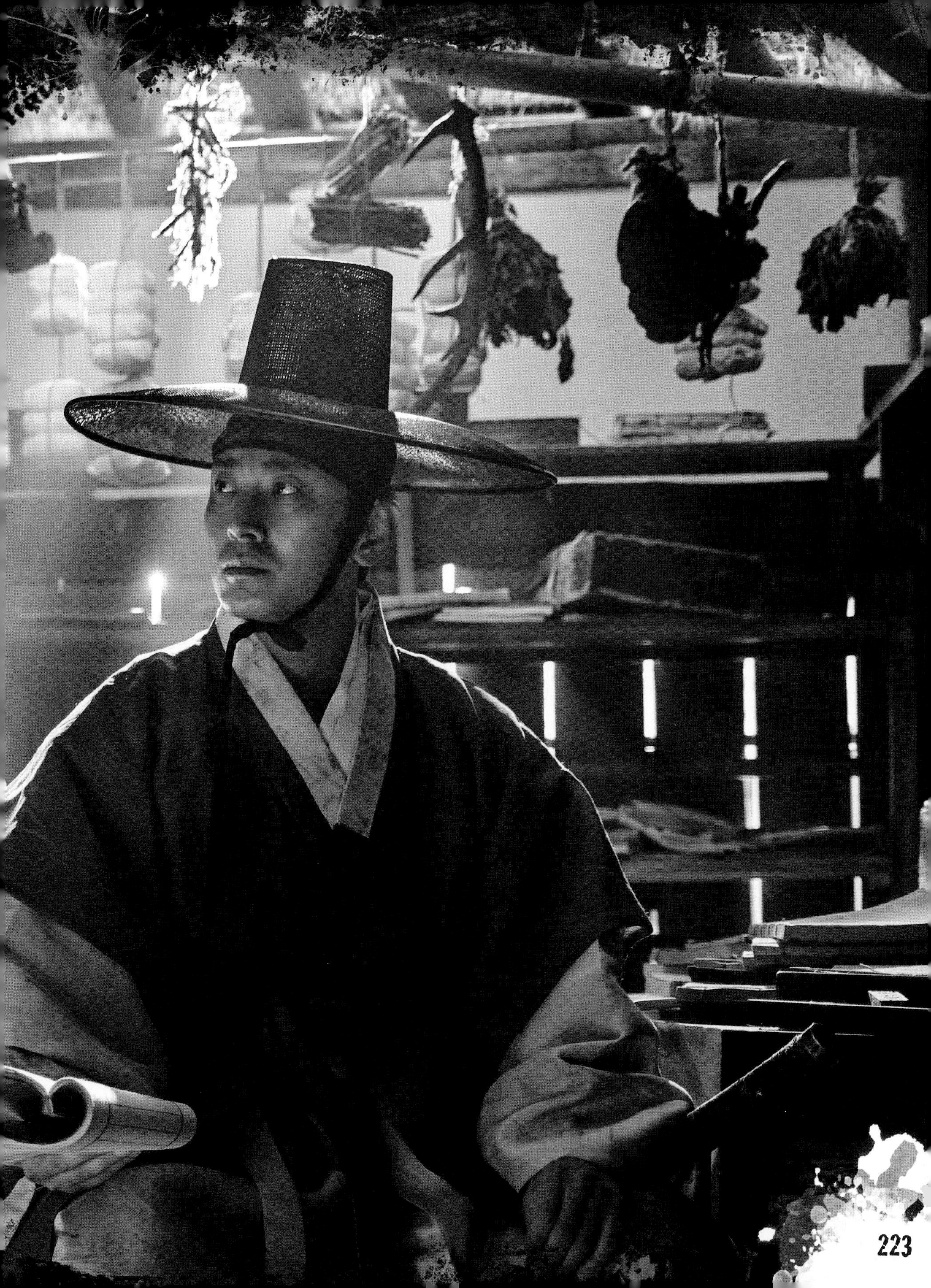

# EL MUNDO DEL REVÉS

## STRANGER THINGS

**SERIE**

*Stranger Things.* 2016-Actualidad. EE. UU. **Creadores:** Matt Duffer, Ross Duffer. **Reparto:** Winona Ryder, David Harbour, Millie Bobby Brown. **Género:** Terror. Ciencia ficción. Monstruos. Años ochenta.

### NO SOLO NOSTALGIA

Hawkins es un pueblo de Indiana donde nunca ocurre nada especial, hasta que un día desaparece sin dejar rastro un niño llamado Will; el sheriff, los familiares y amigos del crío inician una búsqueda que los llevara a descubrir que, bajo su aparente encanto bucólico, Hawkins oculta laboratorios secretos, una niña con poderes telequinéticos y una dimensión paralela a la que llaman «el mundo del revés» donde habitan monstruosas criaturas.

*Stranger Things* es, además de una serie de visión obligada para todo fan del género fantástico, un auténtico fenómeno a nivel mundial. No hay lugar donde no veas una camiseta, un juego o un muñeco articulado de la serie. La razón de su popularidad son sus personajes carismáticos, su nostalgia ochentera y los espeluznantes bichos. Nunca la vuelta a los ochenta resultó tan gloriosa, y a la vez tan divertida.

## TERROR Y NIÑOS

Antes de convertirse en serie, el guion escrito por los hermanos Duffer se paseó por los despachos de varias productoras, pero todas rechazaban la propuesta. Decían que una serie de terror con niños de personajes principales no funcionaría, y recomendaban a sus autores que centraran la historia en el sheriff. Pero los Duffer se empeñaron en su idea, y en 2015 una productora les compró los derechos, que al poco acabaron en las manos de Netflix. La primera temporada constó de ocho episodios, y el éxito fue tal que no se tardó en confirmar el regreso de los chicos en una segunda tanda.

Los creadores de la serie no ocultan que *Stranger Things* es el resultado de su cariño a la década de los años ochenta, y en concreto a Stephen King y Steven Spielberg, dos genios que marcaron a varias generaciones. Del Rey del terror supieron captar la cercanía y la humanidad de sus personajes infantiles; sin la marcada personalidad de Dustin, Nancy, Mike, Once o Lucas estaríamos ante otra serie más; con ellos, los Duffer pueden contar lo que quieran, que nosotros no tendremos problemas en regresar a Hawkins para seguir disfrutando de sus aventuras; esa panda de amigos son el verdadero motor de *Stranger Things*. El espíritu de los filmes de Spielberg también está presente en la serie, con unas tramas que recogen el sentido de la maravilla de dos de sus obras más emblemáticas como director y productor: *E. T.* y *Los Goonies*.

Los creadores de la serie no ocultan que *Stranger Things* es el resultado de su cariño a la década de los años ochenta, y en concreto a Stephen King y Steven Spielberg.

## EL OTRO LADO

La historia no se centra únicamente en el terror y el misterio, también hay ciencia ficción, humor y aventura; todo bien agitado para enamorar a toda clase de espectadores, pero especialmente a los adolescentes y nostálgicos. Los homenajes a la cultura popular de aquella época son constantes —en los primeros episodios pueden agotar las referencias a *Star Wars*—, y el tono es desenfadado y *friki*, siendo un soplo de aire fresco entre numerosas series modernas que van de oscuras y tristes. Esto no significa que no haya escenas terroríficas, el demogorgón o el monstruo de las sombras —en la segunda y tercera temporada— se encargan de hacer pasar un mal rato al espectador, y no son los únicos enemigos que acechan desde el mundo del revés: hay otras cosas repugnantes y viscosas como las larvas, los zarcillos o los demo-perros. Y eso sin contar con los enemigos humanos, en ocasiones los más peligrosos de todos.

## SEGUNDA Y TERCERA TEMPORADA

En la segunda temporada se confirma que el peligro del mundo del revés está muy presente, y un año después todavía persigue a Will. Se presentan emblemáticos personajes, como la atrevida Max y su hermano Billy —el más chulo del barrio—, y tras unos primeros episodios introductorios, las diversas historias cogen velocidad y no paran hasta un final repleto de monstruos y acción, donde parece ponerse punto y final a la invasión de los seres de la dimensión maligna.

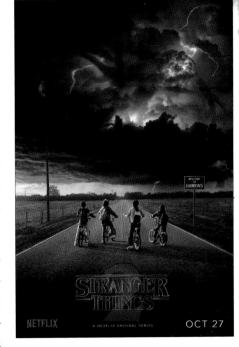

Nada más lejos de la realidad, ya que en la tercera temporada unos científicos soviéticos abren el portal del mundo del revés y el monstruo de las sombras —que pasa a llamarse «el azotamentes»— posee a Billy con el fin de esclavizar a todos los habitantes de Hawkins. Se suman más personajes a la aventura y ganan presencia las chicas: Erica, la hermana deslenguada de Caleb, pondrá firme a Dustin y a Steve, y también conoceremos a la intrépida Robin (Maya Hawke, la hija de Ethan Hawke y Uma Thurman), que tiene mucha química con Steve ¿O quizá no sea lo que parece?

En esta temporada, *Stranger Things* pierde un punto de originalidad —esos malos rusos—, pero gana en ritmo y emoción. Los episodios se pasan en un suspiro y los últimos son frenéticos y terriblemente adictivos. Los efectos especiales son abrumadores y, si amáis películas como *La cosa, El terror no tiene forma* o *La invasión de los ladrones de cuerpos*, no os la podéis perder.

## LA MUERTE FAVORITA DE LA VIEJA BRUJA

Una de las muertes más dramáticas se produce en la segunda temporada, cuando Bob Newby, el amigo que está enamorado de Joyce, es devorado por los demoperros justo cuando creía que estaba a salvo.

# Curiosidades:

- En un principio, la serie iba a titularse *Montauk*, en homenaje a la localidad donde se rodó *Tiburón*, y que en la película de Spielberg tenía el nombre ficticio de Amity island. Tras varios cambios en el guion, el nombre definitivo vino como tributo a *Needful Things* (*Cosas necesarias*), el libro de Stephen King que en español se publicó con el nombre de *La tienda*.
- El inolvidable tema principal de *Stranger Things* fue compuesto por el grupo Survive, formado por Kyle Dixon y Michael Stein. Los músicos se inspiraron en las bandas sonoras de John Carpenter y en trabajos del grupo Tangerine Dream para películas como *Carga maldita* (1977) o *Ladrón* (1981).
- Los creadores de la serie —Matt y Ross Duffer— querían que el personaje de Once, interpretado por Millie Bobby Brown, tuviera una clara fuente de inspiración: «Me dijeron que querían que mi interpretación recordase a E.T. y su relación con los niños —comenta Millie—. Pensé que era muy interesante... Matt y Ross estaban como "básicamente vas a ser un alien"».
- El sombrero del sheriff Hopper es una referencia a Indiana Jones, pero no la única, pues Hopper, como Indi, también es impulsivo y dado a resolver los problemas a puñetazo limpio.
- Los Duffer siempre han tenido en cuenta la opinión de los fans a la hora de escribir cada nueva temporada. Esa comunicación ha servido para que, por ejemplo, los personajes femeninos tuvieran más peso en las tramas del tercer año de la serie.
- Aunque al principio hubo reticencias por parte de los hermanos Duffer, Netflix anunció una cuarta temporada para 2022, y casi es un hecho de que habrá una quinta que supondrá el final de la serie.
- Se han publicado varios libros y cómics relacionados. En español se han editado varios libros que sirven de complemento para lo visto en la serie: *A través de Stranger Things*, *Stranger things: Mentes peligrosas*, y una precuela, *Stranger Things: A oscuras en la ciudad*. Entre los tebeos a los que puedes hincarle el diente, te recomendamos *Stranger Things: El otro lado*, y *Stranger Things: fuego*. Ambas son dos historias perfectas para aplacar la sed entre temporada y temporada.

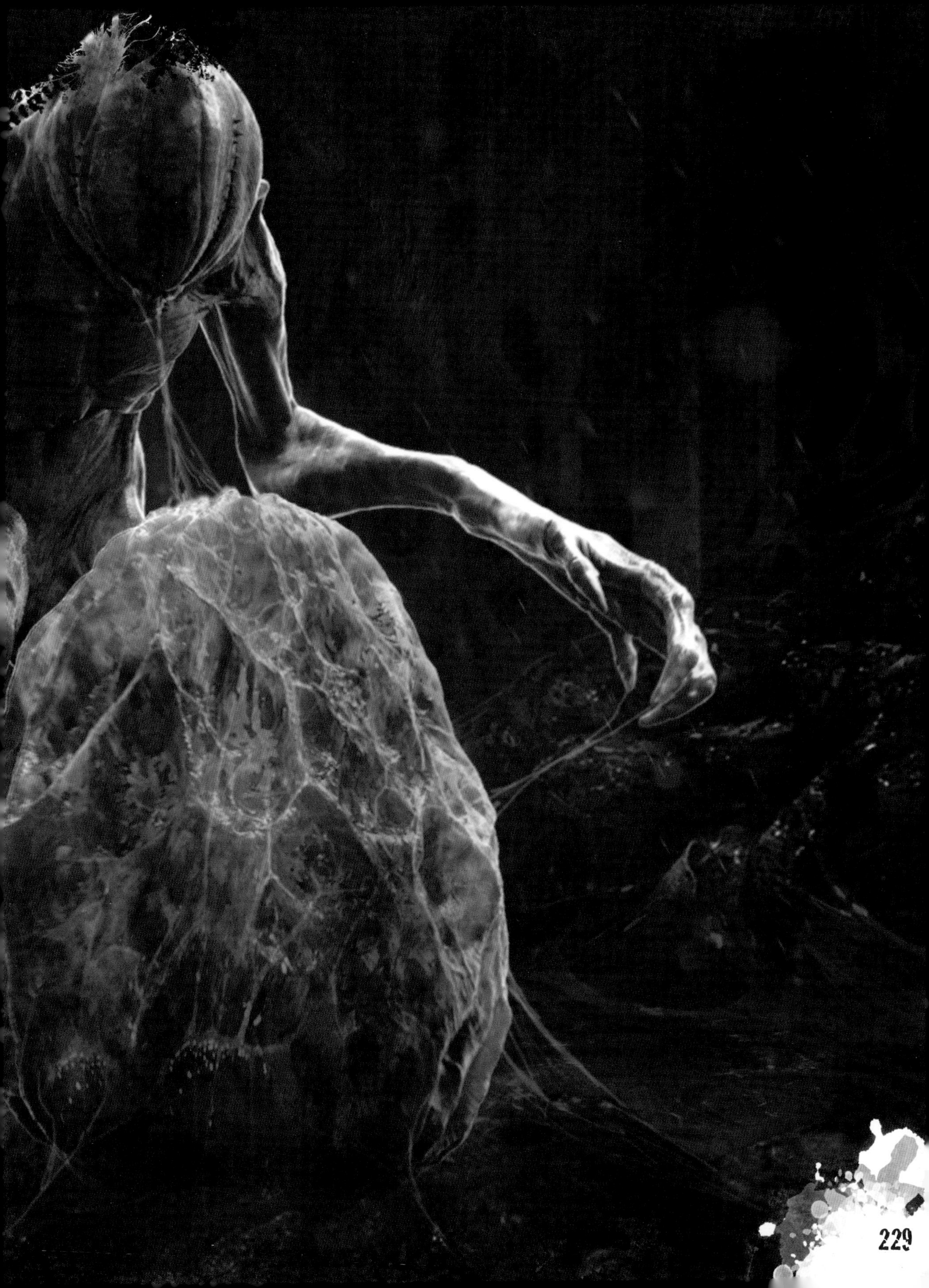

# DISTOPÍA DE SUPERHÉROES ZOMBIS

## DCSOS

CÓMICS

*DCeased.* 2019. EE. UU. **Guion:** Tom Taylor. **Dibujo:** Trevor Hairsine. **Editorial:** DC Cómics. **Género:** Terror. Zombis. Distopía.

TAYLOR • HAIRSINE • GAUDIANO • BEREDO

### ANTIVIDA

El poderoso y maligno Darkseid secuestra a Ciborg, miembro de la Liga de la justicia, porque está convencido de que en su interior se halla la otra mitad de una de las armas más poderosas del universo: la ecuación antivida. Cuando el villano intenta controlar el poder de la ecuación, esta se desata y lo destruye a él y a Apokolips, su planeta natal. De vuelta a la tierra, el sistema informático de Ciborg se conecta a la red, y la ecuación antivida entra en todos los dispositivos electrónicos del mundo. De esta forma, cualquier humano que acceda a su móvil, ordenador, etc., es invadido por la ecuación y convertido en un hambriento zombi capaz de contagiar a otros. Ni siquiera los superhéroes se libran de ser infectados y de transformarse en supermuertos vivientes.

¿Te imaginas a Wonder Woman o Batman volviéndose zombis? *DCsos* es una miniserie de seis

números salvajemente fresca, muy recomendable para los amantes de los zombis o los superhéroes. Nada te puede preparar para la oda de sangre y muerte que rezuman del interior de sus páginas.

## MUERTE SOCIEDAD ILIMITADA

«La idea se originó con el editor Ben Abernathy —comenta el guionista Tom Taylor—, tuvo la idea de hacer un cuento de terror zombi en DC, y me llamó para preguntarme si me gustaría involucrarme… En los siguientes días mi mente estaba corriendo. No podía dejar de pensar en nuevas y terribles formas de torturar a mis héroes favoritos».

## LA MUERTE FAVORITA DEL GUARDIÁN DE LA CRIPTA

La villana Giganta se convierte en zombi y Superman la derriba de un puñetazo. Ciborg la remata disparándole a su enorme cabeza y abriéndole un agujero del tamaño de la puerta de un hobbit.

DCsos sucede en una realidad distinta a la del universo DC «convencional», lo que permitió a Taylor poder jugar a ser Dios con los habitualmente intocables personajes de la famosa compañía: «Si bien los personajes son los que todos conocen [...] podemos contar una historia sin contenernos. Nadie que amas está a salvo. Incluso los iconos pueden caerse». Así que prepárate para ver morir a tus héroes de las maneras más gore que puedas imaginar. Naturalmente, no todos son infectados; existe un grupo reducido de supervivientes —a los que se unen varios supervillanos—, que tratarán de buscar un remedio contra la ecuación antivida antes de que destruya la tierra y la galaxia.

## EMOCIÓN Y ÉPICA

Por mucha hemoglobina y tripas que se muestren en un tebeo, si la historia no atrapa desde el principio, importará un pimiento lo que se esté contando. Los autores de Dcsos se preocupan de que la trama te toque el corazón; para ello, el guionista se sirve de Lois Lane —la novia de Superman—, un personaje humano con el que nos sentimos identificados enseguida, y que nos irá narrando los terribles acontecimientos que parecen llevar a la humanidad al desastre. A esto hay que sumar el gran conocimiento que tiene Taylor de todos los personajes, a los que insufla vida con solo una mirada o un par de frases, y el efectivo y crudo dibujo de Trevor Hairsine.

A medida que se acerca la resolución de la historia, los supervivientes se van pasando al lado zombi y la acción se torna épica. El clímax corta el aliento, y está repleto de alucinantes viñetas que jamás pensarías ver en un cómic de Superman o Wonder Woman.

## INMORTALES Y PLANETA MUERTO

El más agrio que dulce final de *DCsos* sentaba las bases para una probable continuación. Entre medias, se lanzó la miniserie *DCsos: Inmortales* (2020), centrada en la supervivencia de personajes como Catwoman, el comisario Gordon y villanos como Deathstroke que no aparecían en la parte anterior. *Inmortales* es una historia más pequeña —sin grandes combates y épica—, en la que varios humanos y superhumanos hacen frente, en el interior de un orfanato, a una horda de zombis y superzombis. El cómic es un claro homenaje a *La noche de los muertos vivientes* y películas similares de personajes asediados por un enemigo impredecible. Taylor vuelve a impactarnos con decesos grotescos y más humor negro, y en sus últimas páginas prepara el terreno para *DCsos: Planeta muerto*. Esta última miniserie de seis números sigue con la aventura y los personajes de la primera parte, pero contiene algunos cambios: el narrador ahora es John Constantine, y hay más presencia de personajes con poderes mágicos o sobrenaturales, como el Doctor Fate o La cosa del pantano. Además de la amenaza de la ecuación, surge otro poderoso enemigo que dividirá las fuerzas del bando humano.

La serie no baja el ritmo —ni el número de muertes—, e incluso, por momentos, *Planeta muerto* es una serie más madura e inteligente que sus antecesoras.

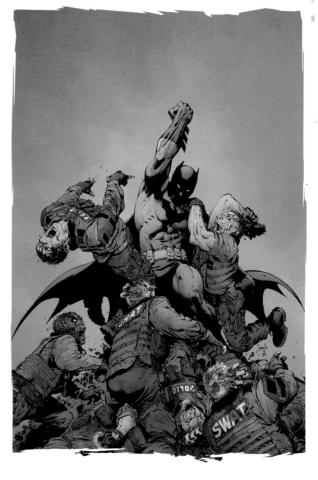

El clímax corta el aliento, y está repleto de alucinantes viñetas que jamás pensarías ver en un cómic de Superman o Wonder Woman.

# Curiosidades:

- La ecuación antivida no tiene aspecto físico, es como una fórmula matemática que ayuda al que la posee a dominar a la humanidad. Fue creada por el dibujante Jack Kirby en los años setenta y, gracias a ella, Darkseid ya estuvo a punto de tener bajo su yugo al Universo entero en *Crisis final* (2008), un evento que reunió a todos los personajes de DC escrito por el prestigioso autor Grant Morrison y dibujado por varios autores.

- La ecuación también se nombra en *La liga de la justicia de Zack Snyder* (2021). Durante el filme Darkseid busca la poderosa arma en la tierra, pero no sabemos si llega a encontrarla. Es posible que los efectos de la ecuación sean los que provoquen que Superman se vuelva malvado en la película.

- La edición española de la primera miniserie publicada por la editorial ECC incluye el especial *Un buen día para morir*, que presenta a varios personajes que serán fundamentales en *Dcsos: Planeta muerto*.

- DC Cómics no fue la primera editorial en juntar zombis y superhéroes. Marvel Cómics se le adelantó en 2005 con la estupenda y ácida *Marvel Zombis*, escrita por Robert Kirkman (*The Walking Dead*) y dibujada por Sean Phillips. Se trató de una miniserie de cinco números donde unos zombis de una dimensión alternativa invadían y contagiaban a todos los héroes y villanos del universo Marvel. A lo largo de estos años ha tenido varias secuelas.

- El guionista Tom Taylor está considerado uno de los autores favoritos de los aficionados a los cómics de superhéroes. Si quieres seguirle la pista, te recomendamos encarecidamente series como *Injustice*, *Nightwing* o *Superman: Hijo de Kal-El*.

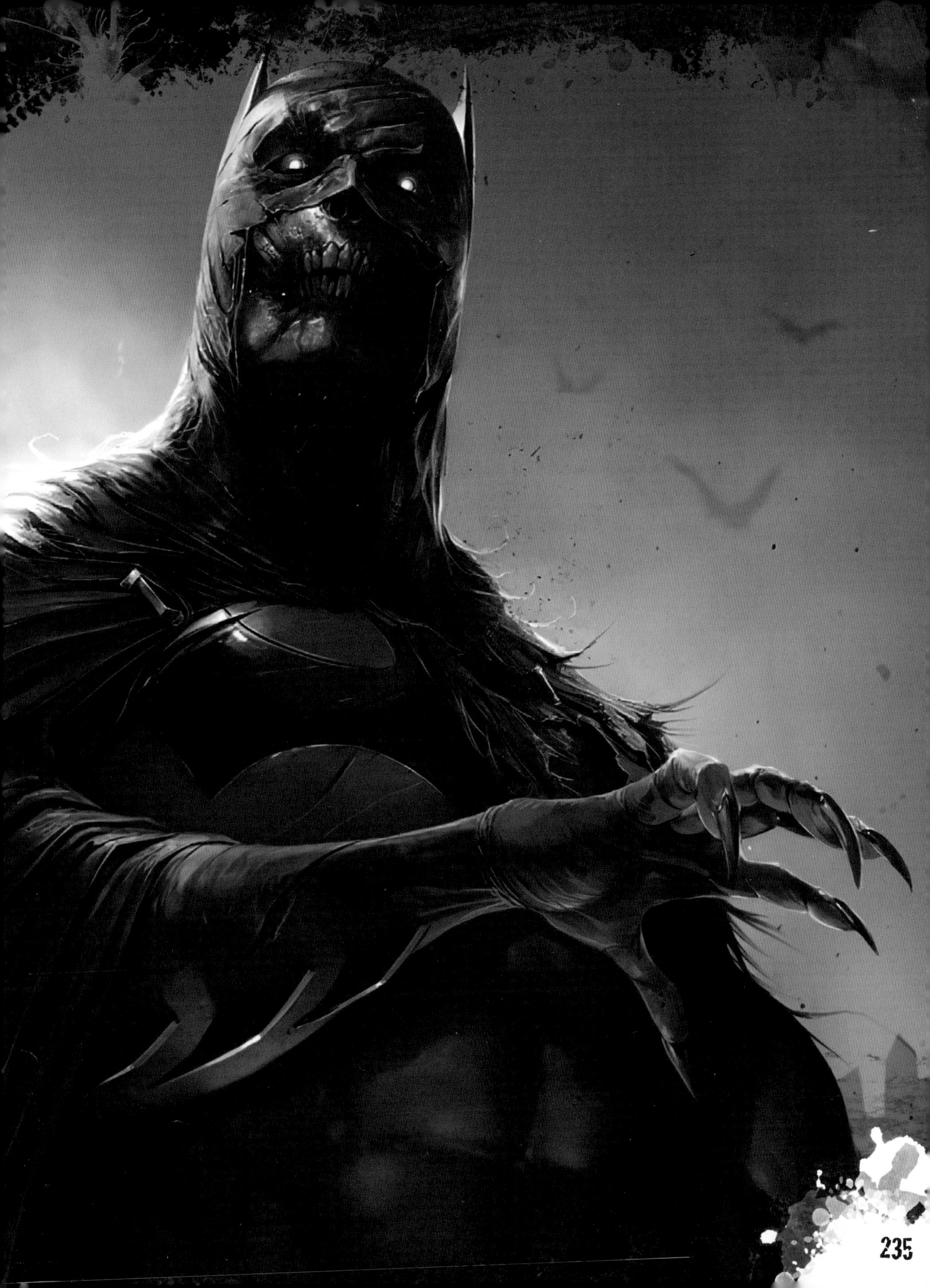

# EPÍLOGO MORTAL

Gracias por haber llegado hasta el final. Ya puedes quitarte las gafas del terror. Esperamos que no hayas perdido vista durante el camino. Lo sé, han faltado sitios que visitar, películas y series imprescindibles, cómics fundamentales. A veces, un libro es como ir de vacaciones: no siempre puedes ir dónde te gustaría.

Ojalá que el viaje haya sido de tu agrado, y que vuelvas por estas páginas de vez en cuando. Puede que en una próxima ocasión encuentres algo nuevo. Quizá en el comentario dedicado a *It,* en lugar de Derry aparezca la localidad donde vives, o puede que en el apartado de *Stranger Things* hayan cambiado los nombres de los personajes, y en vez de Once o Finn figuren nombres de tu círculo de amigos. Y quién sabe si la reseña de un videojuego como *Resident Evil VII* se titule con el apodo que usas en las redes sociales.

De ser así cualquiera de estos u otros cambios, seguro que tus ojos bajan raudos, con el corazón en un puño, en busca de la muerte favorita de nuestros anfitriones.

¿Serás tú la siguiente víctima?

Je, je, je.

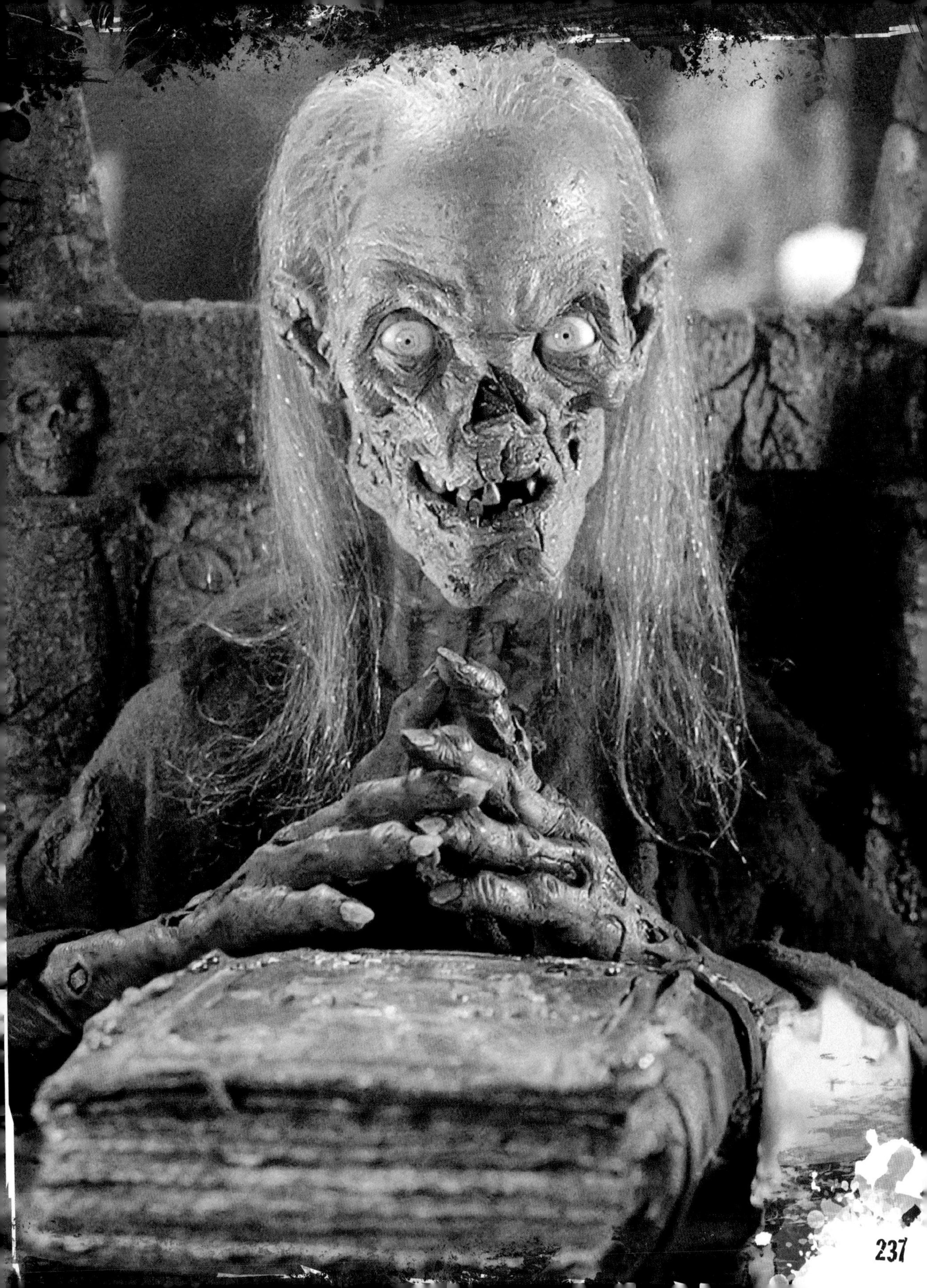

# BIBLIOGRAFÍA SELECCIONADA

## LIBROS

DUGGAN, POSEHN & BROWN, R: *Las minis de Masacre: El desafío de Drácula.* Barcelona: Panini Cómics. 2014.

HILL, J. & RODRIGUEZ, G: *Locke & Key Omnibus.* Barcelona: Panini Cómics. 2015.

HODGSON, W. H: *Los piratas fantasmas.* Madrid: Editorial Valdemar. 1999.

HODGSON, W. H: *Desde el mar sin mareas.* Madrid: Editorial Valdemar. 1989.

ITO, JUNJI: *Uzumaki.* Barcelona: Planeta De Agostini. 2004.

JACKSON, SHIRLEY: *La casa encantada.* Barcelona: Ediciones Blanco Satén. 1992.

KAROL, MICHAEL: *The ABC Movie of the Week Companion.* Nueva York: iUniverse, Inc. 2008.

KING, STEPHEN: *It.* Barcelona: Plaza & Janés Editores. 1987.

KING, STEPHEN: *El misterio de Salem´s Lot.* Barcelona: Plaza & Janés Editores. 2004.

KING, STEPHEN: *Danza macabra.* Madrid: Editorial Valdemar. 2006.

LEMIRE, JEFF. & SORRENTINO, A: *Gideon Falls.* Bilbao: Astiberri Ediciones. 2019.

LOVECRAFT. H. P: *Los mitos de Cthulhu.* Madrid. Alianza Editorial. 1990.

NILES, S. & TEMPLESMITH, B: *30 días de noche.* Barcelona: Norma Editorial. 2011.

MARTINEZ, MUÑOZ & PAJARÓN, R: *Psychobase:333 asesinos de cine.* Barcelona: Dolmen Editorial. 2008.

PALMIOTTI, GRAY & ARCHER, A: *Viernes 13.* Barcelona: Editorial Planeta. 2008.

PLANS, JUAN JOSÉ: *El juego de los niños.* Tenerife: La Página Ediciones. 2011.

SIMMONS, DAN: *El Terror.* Barcelona. Editorial Roca. 2009.

SMITH, SCOTT: *Las ruinas.* Barcelona: Ediciones B. 2007.

TAYLOR, T. & HAIRSINE, T: *DCsos.* Barcelona. Ecc Ediciones. 2019.

WOLFMAN, M. & COLAN, G: *Biblioteca Drácula: La tumba de Drácula.* Barcelona. Panini Cómics. 2020.

ZINOMAN, JASON: *Sesión sangrienta.* Madrid: T & B editores. 2011.

# ARTÍCULOS

BALUN, C: «Long Live Leatherface!». *Fangoria* (70), 1988.

GILLES, P: «Livide: Alexandre Bustillo y Julien Maury bailan con los muertos». *Scifiworld*. (41), 2011.

HOWARD JOHNSON, K: «A Day on the Battlefield with Poltergeist III». *Fangoria* (72), 1988.

NEWTON, S: «La resurrección de un clásico». *Fangoria* (edición española, 5), 1992.

MCDONAGH, M: «Historia del terror: los años 70». *Fangoria* (4), 1991.

PROSPER, J.M & FERNÁNDEZ VALENTÍ, T: «Imágenes malditas: las adaptaciones cinematográficas de H.P. Lovecraft». *Scifiworld*. (43), 2011.

SHAPIRO, M: «The Six Faces of Jason». *Fangoria* (69), 1987.

SHAPIRO, M: «Jason se va al infierno… por fin». *Fangoria* (25), 1993.

VILAS, DARIO: «Maestros del fantástico: Hideo Nakata». *Scifiworld*. (57), 2013.

# PÁGINAS WEB

JARKENDIA. (15 de noviembre de 2021). Análisis de "The Dark Pictures Anthology: House of Ashes", la cara más letal, oculta y terrorífica de la antigua y bella Sumeria. *Vida extra*.

https://www.vidaextra.com/analisis/the-dark-pictures-house-of-ashes-analisis-review-trailer-precio-experiencia-juego-para-playstation-xbox-steam

NAVARRO, M. (7 de noviembre de 2021). "The Deep House": Alexandre Bustillo and Julien Maury on the Challenges of Filming a Haunted House Movie Underwater (Interview). *Bloody Disgusting*.

https://bloody-disgusting.com/interviews/3690553/deep-house-alexandre-bustillo-julien-maury-dangers-underwater-ghosts-permanent-link-horror/

ONIEVA, A. (20 de junio de 2021). Channel Zero: Candle Cove, la Bola de Cristal Horror Story. *Fotogramas*.

https://www.fotogramas.es/series-tv-noticias/a18500600/channel-zero-candle-cove-hbo-espana-serie-miedo/

RUÍZ, J. (28 de noviembre de 2021). Misa de Medianoche (Mike Flanagan). *Caimán cuadernos de cine*.

https://www.caimanediciones.es/misa-de-medianoche-mike-flanagan/

# Cultura popular (música, cine, series, videojuegos, cómics)

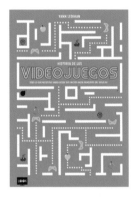